乂韵三清路

杨七芝 著

陕西新华出版　陕西旅游出版社

·西安·

图书在版编目（ＣＩＰ）数据

文韵三清路 / 杨七芝著. — 西安 ： 陕西旅游出版
社，2025.1
ISBN 978-7-5418-4550-5

Ⅰ．①文… Ⅱ．①杨… Ⅲ．①散文集－中国－当代
Ⅳ．①I267

中国国家版本馆 CIP 数据核字(2024)第 025424 号

文韵三清路	杨七芝 著

责任编辑： 韩　双
出版发行： 陕西旅游出版社
　　　　　（西安市曲江新区登高路 1388 号　邮编：710061）
电　　话： 029-85252285
经　　销： 全国新华书店
印　　刷： 河北晔盛亚印刷有限公司
开　　本： 880mm×1230mm　　1/32
印　　张： 6.5
字　　数： 150 千字
版　　次： 2025 年 1 月　　第 1 版
印　　次： 2025 年 1 月　　第 1 次印刷
书　　号： ISBN 978-7-5418-4550-5
定　　价： 68.00 元

作者在北京天安门留影

作者在大草原留影

作者在怀玉山采风

作者在徽州采风

作者在玉山文昌阁学习

作者在望仙谷采风

作者在三清山书画院留影

作者与自己的参展作品留影

作者在玉山明代古城墙下散步

作者在构思三清山的艺术创作

作者的山水画参加书画展

作者在三清山书画院客厅留影

作者在三清山书画院写作

作者在三清山书画院作画

作者在玉山怀玉书院听课读书

作者在玉山冰溪河畔留影

作者在玉山四股桥油菜田远眺感悟

作者在玉山杏花村的杜牧雕像前留影

作者青年时期照片

作者在外参观，寻找创作素材

作者到当地医院采访，寻找创作素材

作者外出采风，寻找创作素材

作者夜晚在河边散步，寻找创作灵感

作者正在构思文学创作

作者在河边的垂柳下构思文学创作

作者正在高歌一曲

作者在外采风

作者在外采风

作者正在与大自然对话

作者在外采风

作者在外采风

年轻时期的作者与先生刘鹏飞合影留念

作者正在参加文学交流活动

作者给读者签名

作者凝视窗外，正在构思文学创作

年轻时期的作者正在山林里健身

作者在外采风

作者在外采风

著名作家张恭春向作者签名赠书

作者参加文艺活动时留影

作者参加上海市知识青年历史文化研究会第三届会员大会

作者在外采风

作者在外采风

作者参加"情系黑土地"交流活动

作者与北大荒艺术团主持人邹小霏合影

作者正在欣赏自己创作的国画作品

作者在桥上创作

著名作家叶辛和孟翔勇老师为本书写序

说不清的三清山

文 / 叶辛

　　我曾多次前往江西的三清山，并为三清山写过散文。这一次，看到杨七芝女士为三清山写了一本书，我真是又惊又喜，心里忖度：三清山真有那么多东西可写吗？

　　三清山，因玉京、玉虚、玉华三峰宛如道教玉清、上清、太清三位尊神列坐山巅而得名，其独特的自然风光和深厚的文化底蕴，吸引着无数游客来此游玩。它是世界自然遗产、国家地质公园、国家 AAAAA 级旅游景区。

　　杨七芝女士的《文韵三清路》是一部以三清山为主题的散文作品。这本书与《风雨三清路》《诗意三清路》组成三部曲，展示了她对三清山倾注的情感，也展现了她在文学、艺术方面的卓越才华。杨七芝和我是同时代人，她出生于上海的一个书香门第，祖籍绍兴，多才多艺，绘画成就颇高。她的作品曾在海内外展出，获得过国内外大奖，多次受到国家级、省级电视台和报刊的采访。然而，她并没有满足于个人的成就，而是将目光投向了三清山。这座她与先生刘鹏飞久居的名山，在她的心目中有着特殊的意义。

20世纪90年代中期，我应邀与一些著名人士考察了三清山。我艰难地攀登上最高峰，身临缥缈神奇的仙境，体验"云海音乐会"、聆听松涛声，令人深深陶醉！那时，我根据切身体会，写了一篇散文，后来我又多次受邀游览了三清山各处胜景，只觉得一次和一次感受不同，那景色美不胜收。狭长弥高的"一线天"高耸入云，只有勇敢者才能见到玉皇顶壮美的景色。没想到20年以后，杨七芝女士创作了一幅水墨国画赠予我。这是三清山人对我的尊重，也让我在创作之余，可以从她的作品中重温三清山的美景。

当年，杨七芝女士在北大荒屯垦戍边，我在贵州修文县砂锅寨务农。同样的面朝黄土背朝天，汗水与热血书写青春。我们有着相似的经历。据她说是在20世纪90年代看电视剧《孽债》时知道我的故事，没想到十年前我和杨七芝又在上海市知青历史文化研究会相遇。在我讲课和参加活动的照片中，时常可以见到她的身影。她从不张扬个性，而是静静地听课。有一次她默默地送给我几本她出版的书，并腼腆地说："不好意思，敬请叶老师多多指教！"

在《文韵三清路》中，她以细腻柔美的笔触，描绘了三清山的自然景观、历史文化、风土人情。她的文章犹如一幅幅生动的画卷，让读者置身于三清山之中，感受到那清新的空气，巍峨的山峰，淙淙流淌的泉水，葱郁的原始山野……同时，这部作品也是杨七芝对三清山文化的一次深度挖掘和梳理。她通过对三清山自然、历史、文化、民俗等方面的描写，为读者呈现了一个更加全面、立体的三清山。在创作过程中，她不仅展现了自己深厚的文化底蕴，而且也为三清山文化的传承和发展做出了贡献。难能可贵的是，杨七芝在书中融入了自己的人生感悟和哲理思考。她借景抒情，托物言志，把三清山作为自己的艺术摇篮，把玉山作为创作的源泉。她讲述了自己的坎坷人生、追梦历程以及乐观豁达的心态。这些感悟不仅赋予了作品更深刻的内涵，而且也让读者在阅读的过程中得到了启发和思考。

《文韵三清路》是一部值得反复品读的作品。作者不仅让我们领略到三清山的景色之美，而且让我们感受到她对中华文化的热爱。"一片丹心传真理，于百世千世万世"，这句话是她与先生扎根三清山，传播真善美的座右铭。我们能体会到，在漫长的岁月里，这对老知青是如何创办三清山书画院，给这座名山增添了文脉之气。在玉山的乡间小路上，她的脚步仿佛在诉说着她对三清山与冰溪河的热爱。哦！真是说不尽的三清山！

我们生活在一个快节奏的时代，能够读到一本充满温馨和智慧的作品，无疑是一种享受。最后，我要感谢杨七芝为广大读者带来了这样一部优秀的作品。

我相信，杨七芝女士今后定会百尺竿头，写出更出色、更脍炙人口的作品。我更相信，《文韵三清路》会成为三清山的一张文化名片，也会成为广大读者心中的一份美好记忆。愿这本书能够像三清山的清风一样，吹拂过每一位读者的心灵；像明月一样，照亮每一位文学爱好者的心田。

　　是为序。

叶　辛

2024 年 1 月 22 日

作者简介：叶辛，著名作家，曾任中国作家协会副主席，上海文联副主席，上海作家协会副主席，第六届、第七届全国人大代表。创作了大量知青题材的文学作品，短篇小说《塌方》获国际青年优秀作品一等奖，《家教》获《十月》文学奖，《孽债》获全国优秀长篇小说奖，《蹉跎岁月》入选"新中国 70 年 70 部长篇小说典藏"，长篇《巨澜》三部曲入选"百年百部红旗谱"。由叶辛担任编剧的电视连续剧《蹉跎岁月》获第一届中国电视金鹰奖优秀电视剧奖，《孽债》获 1995 年飞天奖长篇电视剧三等奖及"五个一工程"奖。

诗情画意三清山

文 / 孟翔勇

　　杨七芝女士是一位才华横溢的作家和画家，也是我们中华知青作家学会的骨干。我非常高兴能够为她的《文韵三清路》散文集作序。

　　我与杨七芝素未谋面，相知于"中国知青作家杯"全国征文活动中。她的作品以独特的创作视角，呈现了那个特殊年代知青人终生难忘的故事，给我留下了深刻的印象。

　　三清山书画院院长杨七芝不仅文采出众，而且诗画成就斐然。她是专业画家，我尤其欣赏她的山水画作品，其山，气势磅礴；其水，粼粼如碧，缕缕如云。

　　杨七芝的文学作品尤以写山写水为上，字字珠玑，如诗如画。例如她曾写冰溪河的春天："我一直想走下去——走到余晖染红的夕阳里；醉在万柳洲的翠绿烟云里；陶醉在碧波潺潺的冰溪河里；我像置身于如干红酒般醇厚的河流中……"那种对乡土人情的挚爱，让人忍不住反复诵读。散文绝不是简单的流水账记录，而是寓情于景，像潮水般层层铺展，又缓缓收拢，在婉约中让文韵轻松流畅。像这样精粹而又唯美的句式在她的作品中比比皆是。阅读杨七芝的作品你会真正体会到"诗情画意"这四个字的内涵。

在《文韵三清路》中，杨七芝以上海、北大荒、三清山和冰溪河为背景，讲述了自己"艰难方显勇毅，磨砺使得玉成"的成长过程。一方水土养一方人，我能理解她热爱生活、热爱生命、敬畏人生、敬畏大自然的精神追求。她的文字简洁明快，情感真挚深沉，让人们在阅读的过程中感受到了她勇敢坚忍和自强不息的精神。

同时，她与先生刘鹏飞的浪漫爱情故事也为这部作品增添了不少色彩。20世纪80年代杨七芝与刘鹏飞先生相识于三清山，两人因共同的爱好和追求而相互吸引。在三清山的见证下，他们的爱情如同"出水芙蓉"纯净而美好。20世纪50年代，刘鹏飞毅然离开了自己的故乡，投身于江西老区的建设事业中。他是最早扎根于三清山的开发者，用汗水和心血浇灌了这片神奇壮美的红土地。20世纪70年代，刘鹏飞的一组三清山的照片使三清山名扬天下，但他并不自满，而是在三清山刻好了墓碑，立志将自己的后半生奉献给三清山。自此，他用镜头、文字与书画记录下了这座山的四季晨昏，风云变幻。

杨七芝作为一位来自上海的知青，曾在北大荒度过了艰苦的岁月。生活的坎坷和爱情的挫折让她心灰意冷，然而，命运却在这个关键时刻为她带来了转机。山为媒，画作缘，杨七芝与刘鹏飞相知相恋成为神仙眷侣。他们在玉台弹琴作画、吟诗咏赋，在响波桥山庄共同度过了浪漫而美好的时光，他们的爱情故事成为一段佳话。杨七芝从江西返回上海后，又一次扎根山区，如果不是热爱三清山与文化艺术，她怎会放弃大都市的优越生活与高薪而长居乡间呢？每当提起他们的名字，三清山的人都会想起他们在三清山几十年奉献的点点滴滴。他们的爱情故事与无私奉献永远留在了三清山人的心中。

刘鹏飞先生毕业于南昌教育学院中文系，是院校拔尖人才，在他的大力支持下，杨七芝在文学和艺术的道路上越走越精彩。她的作品生机形象，情感表达淋漓尽致，家国情怀贯穿其中，风格独特，具有很高的艺术价值。这本散文集的封面设计图就是她的原创国画。在欣赏她文字的同时，我们也能领略到她山水画的韵味与风采。

作者的画风、文采得益于大自然的熏陶，加之天资聪颖，她16岁就考入上海市美术学校（今上海美术学院）。1968年知青上山下乡，她来到北大荒养马，骑在马上的少年画家的视觉是我们常人无法理解和想象的。无垠的大草原与蓝天白云相接，那一刻她心中灵感涌动，豪情万丈，立志把一生献给文学、献给艺术。于是，在1983年，当她第一次登上三清山的时候，她就与这座山结下了不解之缘——人在山中，画在心中。在这座大山里她找到了艺术创作的源泉，找到了爱情的归宿，找到了生命和艺术的寄托。

"路漫漫其修远兮，吾将上下而求索。"我相信，在文学的道路上，杨七芝一定会不断创新、硕果累累，一定会让更多的亲朋好友和读者喜欢。

最后，借杨七芝女士的一段话赠送给各位读者："人间的相逢是一首饱含胸怀与柔情的歌。人生，就是在一场又一场的相逢中度过。有时相逢只一瞬间，却需要付出各自的努力——山一程，水一程，风一程，雨一程。冰雪无痕，泪痕满面，咫尺天涯皆有缘……"让我们大家珍惜相逢相知的情缘，为弘扬中华优秀传统文化而努力，为祖国和民族复兴赋能。

孟翔勇

2024 年 1 月 22 日

作者简介：孟翔勇，本名孟祥勇，辽宁省沈阳市人。1999年加入中国作家协会，曾任辽宁作家协会《文学少年》编辑部主任，中国作家协会鲁迅文学院少年作家班主任、北京大学青年作家班主任。自 1977 年开始发表作品，著有中篇小说集《遥远的茅草屋》、短篇小说集《蓝辣椒》、长篇小说《空中花园》《地主的女儿》《大女孩》《红地毯》等。主编《中国少年作家优秀作品选》《新概念写作与训练》《中国青年作家绿荫丛书》《永远的知青》等作品。

目　录

第六辑 青网做伴写春秋

第一辑

仙风道骨三清缘

枯木逢春　柳暗花明

——追思一代宗师谢稚柳先生

一、思念老师

水满则溢，人世间的感情也是如此，无论是亲情、爱情、友情，还是师生情，情感积累的时间越长，就越深厚。

多年来，我在心里就是这样不断地缅怀着我的恩师——谢稚柳。

谢老师身材中等，方脸，银白的头发，经常戴着一顶乌绒帽，常州口音，风度洒脱，和蔼可亲……他的样子经常在我的脑海里出现，恍若昨日，令人难忘。

虽然谢老师早已仙逝，但是，他的画作作为国家的艺术瑰宝将流芳千古，他用精神食粮塑造了我的灵魂。在追寻艺术的漫长岁月中，我会感受恩师画作中独具的气韵和精神。

二、朵云轩里的书画梦

20 年来，我孑然一身，经历了人间的风风雨雨；如今，我带着疲惫与憔悴，从常州返回故乡上海。

从 1988 年底，我除了工作，就开始活跃在离家很近的南京路上的朵云轩——一家古老的艺术商店。我在这里浏览古今中外的画作，临摹名人的佳作。我的父亲也是朵云轩几十年的常客，他不惜工本，买了一期又一期的《艺苑掇英》，无形中帮助我潜心临摹各种书画作品。

那个年代全国各地书画盛行，梦想在朵云轩开画展的人层出不穷，可也不是谁都能鱼目混珠的，因为在朵云轩工作的都是书画界大师。我十分向往与他们交往，向他们学习。走进朵云轩，我认识了不少老师和同行朋友。在朵云轩最早与我相识并令我钦佩的老师是，年轻的经理薛锦清与花鸟、人物、山水画家吕丁。他们都同情我，说一个经过艰难拼搏的女同志画山水不容易，都愿意帮助我进步，所以我是幸运的。薛老师画得一手人物画与水墨山水画，他热情地指导我。1991 年 3 月，吕老师指导我修改作品，并帮助我加入了上海沪东画院，使我的作品第一次在上海美术馆参展。我的水墨画《黄河寻源》被挂在画廊主厅展出，引来了国内外友人的关注与选购，使我能跻身上海画坛。

曾经有人笑话我说："你在常州工作那么多年，怎么没认识谢稚柳大师？"我博以一笑："谢老是老前辈，是中国近现代绘画史上成就卓著的艺术大师与学术大师。真是开玩笑，我能那么容易见到吗？"话虽这么说，但在心里却期盼有一天能够拜谒谢老，敬请他为我指点迷津……

我比较喜欢张大千大师画作的艺术风格，也崇拜他的人格魅力。行家总会把张大千和谢稚柳联系在一起。我也渐渐喜欢上了谢老的画！在书店、在展览中，我站在他们的作品前，絮语、思索、感悟……企盼着有一天自己也能画出类似的作品。我久久地欣赏着前辈的画品，揣摩、研究、苦练，几乎到了废寝忘食的地步。

"沉舟侧畔千帆过，病树前头万木春。"以前我总是悲观丧气，把自己比作就要进柴火堆的枯木，没有任何价值……最早为了治病才动笔画画，而且没有任何信念，岂料现在，书画、诗文竟然变成我人生中不可缺失的一部分。

20 世纪 80 年代中期，我在常州的时候真的碰到一位极好的人，在我手里一直珍藏着他写的一封书信。他叫宝树，又叫谢伯子，是一位先天性聋哑人，幼年丧父，一直在谢老家长大，是谢老的同胞侄子。在我的印象里，他是方脸，身材魁梧，一身正气。他是张大千的学生，四川大风堂画院出来的弟子，秉承张大千绘画艺术风格，在国内外皆有名气。我在上海外滩友谊商店就看到商店大厅墙上挂满了他的山水画作，我还参加过他在上海美术馆的大型个展，场面盛大而隆重。

上天能尽人意，事出有因，没想到我参加常州市中国画研究会，居然巧遇谢伯子老师。他是我们的前辈，为人谦虚乐善，我们经常用笔谈的形式进行交流。他很喜欢我的论文《试谈气质与书画的关系》。

熟悉后，我给他写信，没过多久，我就收到了他的回信。捧着他的书信，我突然眼眶湿润，深深感到"枯木逢春犹再发"的机遇在我身边。大师们爱惜人才，为我护航……面对我一次次的感恩，谢伯子老师只是热情地微笑着，他哪里有书香门第的傲气啊？他德艺双馨的品质一直让我敬仰，尽管后来他知道谢老收我为学生后，还依然给我写信，称呼我为师姐，我怎么敢当？内心有愧。

20世纪90年代初，我在朵云轩的积极投入得到了画廊老师们的认可与器重，与他们维持着良好的师生友谊。在与上海、常州两地书画家的接触中，我成为不可缺少的联络人，而我也是乐意做这样的事的。

三、走进谢老的艺术殿堂

1992年的初春，一个偶然的机会，我首次见到了谢老。如今，回想起那一幕，我依然激动不已……那年常州一位年轻的花鸟画家请我帮助他在朵云轩联系个展，可因为家境贫寒拿不出2000多元的展厅场租费，于是让我帮忙问一下画廊老师是否能免去场地费。我和画廊老师们商量后，让他交2幅精品画作作为定金。那人欣喜若狂，一直在感谢我，还说这次一定约我一起邀请谢老主持开幕式剪彩。于是在朵云轩画家吕丁老师的陪同下，一行人兴致勃勃地出发了。

1992年初春的一天，申城已经非常暖和了，阳光照耀在黄浦江上，白色的浪花伴随着回响在外滩上空的"东方红"音乐翩翩起舞；江面上的和风挟带着新鲜的海洋气息，滋润着人们的心田；南京路上两边高大的法国梧桐的树叶在微风中摇曳着，似乎在频频向我们招手致意。欣赏到好的景色让人精神焕发，走路都带风。

我仿佛置身于童话般的世界，斑驳的树叶间透下点点阳光。这道光把我从大山深处引领到上海的艺术殿堂。谢老的艺术殿堂一定挂满了气势磅礴的巨作，与古色古香的亭台楼阁相映衬，更显典雅高洁。

　　而谢老又是个怎样的大师呢？虽然通过书画作品早就熟悉了谢老的品格与魄力，但万一他讨厌我怎么办呢？

　　我顾虑重重的心情早被吕丁老师发现了，他笑着对我说："何必担忧？我早就打过招呼啦！"吕老师是谢老家的常客，胆小的我还是怀着复杂的心情跟着走。来到静安区的巨鹿路口，吕老师高兴地说："到啦！穿过马路，对面就是谢老的家。"想到很快就会见到向往已久的谢大师，我心里不由自主地又紧张起来，要不是吕老师带队，我恐怕真没勇气去敲门……

　　上海巨鹿路是一条清静幽雅的小马路，行人稀少，古树遮荫，这里是上海艺术界人士的聚集地。沿街一路皆是红色围墙，灰色瓦屋，谢老家临街而建，共有三层。他家住的是双套间二层楼，三楼住着花鸟大师吴清霞。

　　我们走到谢老家的黑漆大门前，吕老师在一处很隐蔽的地方按下了门铃，很神奇，大门边上的一扇小方门打开了，一个系着领带的小伙子立即与吕老师打了声招呼，便马上打开大门迎接我们进去。原来他是谢老的儿子，叫谢定琦。进门后，只见一方蛮大的院子，院中种满了花草果树，芬芳馥郁。

　　穿过东厢房的一条走廊，经过厨房、卫生间，一块红色的地毯指引我们走进正南面的一间房子，那是谢老真正的画室。刚进屋，我的心又怦然跳动起来，因为听他们说谢老是一个很认真严肃的人。我不敢多说一句话、多走一步路。紧张的时候我尽量咬着牙使自己冷静下来，怀着虔诚之心拜见自己仰慕以求的国画大师。

"常州老乡来人啦！"屋里传来亲切的招呼声，让我瞬间感到亲切如家。突然，吕老师大声地呼唤："谢老先生您好啊！我们是不速之客，打扰您啦……"室内弥漫着书香和翰墨气息，紧接着，一位步履矫健的老者乐呵呵地说："请！请！请！"我不由得心中一震，额头上立马冒出了汗珠。日夜思念的谢老，双目炯炯有神，即使戴着眼镜，也难掩他的气场。

谢老穿着一件仿古棕色的外套，他那一口平易近人、和蔼可亲的常州话，立刻打消了我心中的顾虑。

我心神稍定，马上迎上去向谢老鞠躬问好，并简单介绍自己在常州工作过，1988年才回上海的。

"哦！"友善的谢老应着声叫我进来坐。我一瞧，屋内早已高朋满座，有不少同行和记者。我认出《解放日报》的记者，他非常了不起，一直在撰写关于谢老艺术生涯的著作，还送过我一本。

艺术之神幸运地把我引领到谢老的艺术殿堂。这是一栋前后二进的宅院，前厅是谢老的画室，后厅便是客厅，里面放着一组黑色沙发与茶几，没有高级家具。墙上挂着一幅谢老画的大千风格的作品，那是一张四尺半开的山水画，近处左下角以浓墨勾勒出山石坡，小桥横跨而过，略施赭色；山石上长满了松树，针叶如梳（谢老独创的松针法），苍劲舒展，倔强飘逸，恰似谢老的性格写照。隔着云飞雾涌的大峡谷，松树昂首远眺那泼墨重彩的黛色峻峭重岭，那岭层层迭进，渐次淡化。在那重墨滋润的山腰间，竟然出现了一丛丛红艳艳的小红枫，似小精灵般可爱。我被他的画深深吸引，想把谢大师的点睛之笔努力记在心里，以便日后运用在自己的画中。

　　我大胆地朝他的画室张望，谢老自己书写的红木横匾《壮暮堂》气势宏伟瑰丽；谢老所画的《清秋丹枫图》，体现了他"老骥伏枥，志在千里"的雄心壮志。两边的墙上垂挂着一对立轴，是他撰写的对联，可惜我当时没敢抄下对联的内容，现在颇觉遗憾。紧靠东南面的长方形大画案上铺着一块宝蓝色的毡垫，上面堆满了书画集与文房四宝。

　　我们生怕打扰谢老太久，起身要谢辞。谢老热情地送我们到门口时，他突然问我还画画吗，我才想起自己口袋里一直装着的国画小照片相本，于是毫不犹豫地拿出来向谢老请教。谢老认真地一张张翻看，脱口而出："不错不错！女同志能画这样的风格不容易！啊呀！你可以开画展、出画册啦！"我"啊"了一声，觉得自己是听错了还是耳背了？"怎么可能呢？"我惊讶地回答着。"可以，完全可以。"

　　我想上海藏龙卧虎，高手如云，哪轮得上我。谁会认可我的国画水平？谢老的首肯点燃了我追求艺术的希望之光，我感动得闪出了泪花，向谢老鞠了个 90 度的躬，笨嘴拙舌的我终于逼出一系列的辞别话语："谢老，您是一代宗师，今天能拜谒您，我三生有幸！谢谢您老对我的器重与鼓励，画虽没画好，但我可以朝着您指点的方向努力！我一定不辜负您对我的殷切期望！""你一定能够画好的，我相信！"谢老是那样信任我。又一次听到谢老的郑重肯定时，我鼓足勇气看着谢老说："谢老，我们最大的愿望是您健康长寿！不知我以后还能拜访您吗？""以后你就大胆地来吧！""好的！""感谢谢老的关照！您老多保重！再见！"同行与吕丁老师均听到了谢老对我的寄望，都很感动，大家依依不舍地告别了谢老。

四、观摩画展

第二天下午是那位常州男青年开画展的时间，他看出谢老器重我，心中有些不服气，但他很聪明，坚持要跟我一道去接谢老。到谢老家已是下午一点，他老人家还在厨房吃中饭。他说那是他的生活习惯，晚上清静工作，早上起不来，就睡到吃午饭。"这样不好，会破坏生理健康的。"我刚想说，就打住了。谢老也是个爽快人，两三下就吃好了饭，抹抹嘴起身要走。"早点回来！你们一定要送他回家……"谢老的姐姐在门口叮嘱着。"一定！一定！"我们请她老人家放心，便扶着谢老出门了。

据说谢老三岁丧父，后来家里惨遭一场火灾，家业化为灰烬，自此他从未见到瘦弱的母亲微笑过，母亲也在不久后就含恨过世了。唯一的大哥谢玉岑是当时社会上知名的词人兼书画家，经常帮助张大千在画上题词写诗。可怜的是他膝下多子女、家境困难，后来因病去逝。他的大儿子还是聋哑人，临终前将其托付给张大千。谢老自小跟随祖母长大，从小在表叔钱名望进士开办的寄园读书作诗画画，深受表叔的喜爱。表叔说他今后一定是个很有出息的文化人。姐姐从小就陪伴他长大，对他很是照顾，因此，现在老了姐弟俩还相依为命。

在去朵云轩的车上，谢老与我交换了名片，他把我这个小人物的名片放在上衣口袋里，笑着对我说："七芝这个名字真好听，是谁起的？"

我一愣，马上回答："噢！谢老，谢谢您喜欢我的名字，那是我父亲起的。"他睁大了眼睛问："你父亲怎么那么聪明？他是干什么的？""回谢老！我父亲原是银行家，自小酷爱古典文化，诗词古文他都刻苦钻研。他书法也好，专攻王羲之、黄庭坚的书法，也学习徐霞客云游全国，退休后创作古文诗词游记，写了好几部书。但是他不参加社会活动，自得其乐，修身养性！老百姓一个，哪能和您相比呀？""做到这个很不容易！纯粹出于个人修养的学者风格。今年他几岁啦？"

谢老突如其来的一句话，让我倍感亲切，我接着对他讲："父亲今年85岁高龄了，身体健朗，脑子活跃，就是写东西太辛苦，他却很执着！""脑子是越动越聪明的呀，看来他比我大三岁，哈哈……"谢老开朗地笑出了声，真像豁达开明的老寿星。

为了迎接谢老莅临画展，南京路"朵云轩"此刻张灯结彩，吸引了不少人前来参观。崭新的红地毯从门口一直铺到二楼画廊展览厅，无论是工作人员、嘉宾还是参观者，皆盼望早点目睹谢老的风采……我们搀扶着谢老，一路在拥挤的人群中上楼。谢老一点架子也没有，还一个个与他们打招呼，握手问好。

谢老是画坛的元老，德高望重的知名专家，曾经参与挽救全国书画普查鉴定挽救工作，耄耋之年还在上海博物馆做顾问，为古文化鉴定做出了巨大贡献！他一辈子为了继承发扬祖国的文化艺术，走遍大江南北，甚至应张大千之邀，跋山涉水到敦煌莫高窟和大千大师研究石窟艺术。他从重庆出发走了一个多月才到敦煌。一下牛车，他便急切地寻找千佛洞，找到千佛洞后他扬起双臂，似乎要把千佛洞抱在怀里。他高喊着："我来了！"那声音震撼着每一寸土地。他说自己过去看到的艺术只不过是沧海一粟，莫高窟才是真正的世界级艺术宝库。

在交通不便的年月里，谢老走了莫高窟、西千佛洞、榆林窟、水峡口四个地方，做了全面的考察。在莫高窟过了一个冬天。"溪边的小草发青了，白杨也抽出绿色的嫩芽，淙淙的溪水也欢唱起来。一年的生活使他对莫高窟产生了一种深深的眷恋。"临行前的一天晚上，张大千兴致好，展纸挥毫，为谢老画了一幅荷花。谢老的诗兴大发，写道："来时香柳绿当风，去日梨花雪满丛；静对莫高山下窟，虚怜画笔得神工。"等谢老"重上西南千里路"回到"巴山雾雨日沉沉"的重庆，他坐着滑竿敲门，家里人大吃一惊："啊！这是哪里来的又黑又脏的大胖子？"我敬佩谢老为了艺术可以奉献一切，乃至生命的精神！

紧接着，谢老孜孜不倦地整理资料，严谨地撰写《敦煌石室记》《敦煌艺术叙录》等名著，真的了不起！48 岁后，谢老著《水墨画》《唐五代宋元名迹》《壮暮堂诗集》，以后更是佳作连连，叫人目不暇接！

回到朵云轩画展那天，德高望重的谢老认真地观看小辈的画展。他严肃认真地指出"这张画焦墨不能太浓重，前后层次一定要分清！""荷花的色彩一定要淡雅，不可俗套！"其实这些是画画人最基础的知识，作画的人怎么忘了？

当一位常州青年想请谢老在本子上题字时，谢老拿起笔写了"乡情"二字，大家纷纷赞叹："谢老真有人情味！谢老真有乡情味！"过了许久，那位不认识的请谢老题字的常州青年寄来一张我与谢老的合影照，这张照片一直被我视若珍宝。

五、第三次拜谒谢老师

太阳西斜了，谢老见我要送他回去很是愉悦。小车飞快地开去，没多久便停在了谢老家门口，谢老争着要去付钱，被我挡住了。谢老便邀请我进了他的画室，这是我第三次走进谢老的艺术殿堂，多么荣幸呀……

谢老坐在自己的画案边，招呼我也坐下。我说："没这个道理与大师并排坐的，我还是站着好。""真是懂事的后辈！"他感慨地说。我发现，八旬的谢老，思维敏捷，感慨颇具内涵，对我讲："为什么我以前没见到过你？过去你在哪儿呀？"我莞尔一笑告诉他："以前我是知青，20年漂泊在外。好不容易回到上海，一切都已晚啦！所以，只希望自己在国画上有所建树，不过太难太难……"一席伤心话听得谢老同情起我来，他直率地说："不要紧，有我在，我会支持你的！"我哽咽了，一股暖流注入我心底，命运之神为我打开通往彼岸的大门。

我非常感激地随口作诗一首："感师助我千钧力，欲语无从竟凝噎……""你还会作诗啊？太好了！"谢老高兴至极。我面子薄，害怕讲错话，不好意思地低下了头……

谢老与我轻松地聊着绘画的故事。我说："谢老，我一直崇敬大千与您的画，大气磅礴、潇洒飘逸，我买了不少画册，经常临摹。现在终于有幸见到您，此生足矣！只是……"谢老抢先说道："到我家来让你学个够！"我连忙说："那我要虔诚地拜您为师，谢老您收我为徒吗？""当然收你。不过我早就不收学生了，你算最后一个。"我听了很兴奋，又说道："谢老，那么需要怎样的礼节呢？"我毕竟是在父亲传统文化熏陶下成长的，我毕恭毕敬地向谢老鞠躬。"我认可就行，不需要那么多的礼节。"谢老的一番话让我倍感温暖，能得到谢老的认可，真是三生有幸……

正当我沉浸在拜师的激动气氛中时，谢老问我："你加入上海市美协了吗？"我苦恼地说："太难了！曾经有老画家介绍过，没人理我！"只见谢老拍拍胸脯说："我来推荐你，我马上给你写信去！"谢老那时是美协副主席。天哪！我何其有幸，刚拜完师，又要被推荐加入上海市美协。不一会儿，我看到谢老真的去拿画案上带兰花图案的信纸，提起毛笔，叫我磨墨，蘸着墨水写起信来。"这封信没写好，我再写一遍……"兴趣高涨的谢老正要撕掉那封信，我赶忙喊着："谢老师！不要撕，让我留着作纪念！"我将被他揉皱的信慢慢地铺平，叠好收了起来。"哈哈！这烂东西有什么用？我的纸篓里都是丢掉的！""嗨！太可惜了！"我叹了一口气说着。这封"没写好"的信也成为我的珍藏之物。

我觉着谢老一定要我开画展、出画册是头等的大事，就想能否提前请谢老作序、题名呢？要求是否太过分了……我的顾虑，最终也被谢老察觉到了，他说："你还有什么疑问吗？""哦！谢老师您真是有敏锐的洞察力啊！我正在犹豫一个问题……可太麻烦您老了！""没关系，尽管讲，不要担忧，只要我能办到的。"谢老挥挥手说道。

我将我的想法刚说完，谢老就让我铺纸磨墨，只见他挥毫写出我需要的题款。

喜从天降，这两天发生的事情，成为我人生的重要转折点。

谢老真是我艺术生涯的恩人，他的恩情让我永铭心田。

墨迹未干，谢老便起身到里屋拿出他的著作与画册要送给我。"这是我最近在新加坡出版的书与画，不多，千万不要和别人讲是我赠送的……"谢老郑重其事地说着，接着翻到扉页题好款，又很细心地转身拿了一张报纸小心翼翼地将送我的书画册包起来，然后递我的手里，并语重心长地说："你要好好珍藏着，不要送人！"我双手郑重地接过："谢老师您放心！我会珍藏好的！"

天下没有不散的筵席，很快到了和谢老辞别的时间，但用真诚质朴的情感建立的师生情谊永远会长存彼此的心间。

六、承蒙提携有幸开画展

1991 年 12 月 8 日，在江西省驻沪办的主办下，我的第一次三清山画展与赣版图书展在上海和平饭店八楼和平大厅成功举办，并得到了上海市委、市文联的青睐与认可，激发了我多画些画，再办画展的信心。可江西省驻沪办提出了一定要名人题款签字的要求，我想到了谢老。不巧的是谢老出国已久，难以见面。1992 年 7 月 2 日，我的父亲在解放日报上见到了《槌声响起——记朵云轩首届中国书画拍卖会》的报道，我才得知谢老已回国。我和刘鹏飞老师讲，总算有机会可以再去拜访请教谢老啦！

1992 年的 10 月，我在自己近百张作品中仔细筛选，最终确定了几幅，带着拜访谢老。

那日下午，阵阵清风拂过我满是喜悦的脸庞，我和刘老师一起奔向谢老的家。

见到谢老后，我开门见山，说明了来意，想请谢老帮我看看目前我的作品能否再开画展。谢老很爽快地答应了。我毫无顾虑地将一张张六尺、八尺的三清山绝景大画在地下铺开，两位老前辈聚精会神地观赏着……

过了一会儿，谢老对我说："做大画不容易，需要一定的勇气与功底，但笔墨不可马虎，毕竟我们要开画展面对的是广大观众与行家……"我听懂了他的深意，万分感谢："以后创作决不大笔挥毫，不知高低深浅。""哈哈哈……"谢老与刘老师都愉快地笑出了声。

刘老师乘机敬请谢老为我的画题几个字，谢老师毫不迟疑地打开了我的六尺横幅《三清松月图》，只见他振臂在画的左上角直款写出令人震撼的两行书法（他学的是清代陈老莲的书体）：

杨七芝久居三清山
万千景色都付画笔
此自写在山中望月
情趣盎然
乐为此题
壬申十月
壮暮翁
谢稚柳

只见谢老一口气写完题款，快速地校对了一下文字，确认满意后，才轻松地搁下笔，神采奕奕地笑着对我们说："画册出版后要送我的，哪天开画展？我一定要去祝贺。三清山那么好，我还没去过，也一定要去看看……"刘老师赶忙说："谢老，我们一定请您去三清山创作，走不动就叫老乡用轿子抬您上去，好吗？七芝画展承蒙您老器重，能不请您主持吗？就怕请也请不来呀！""好啊好啊！我一定会去的，只要我在上海！"谢老高兴得像个孩子，眼睛里闪烁着光芒……他接着问刘老师为什么要开发三清山，三清山有什么特点。刘老师兴致勃勃地给谢老描述着三清山的奇峰峻岭。

此刻，我沉浸在欣喜之中，心想，我的一幅画是否会因为谢老的题款而提升价值呢？哦，不是的，我不能这么想，是我的画借了谢老的光才对。那么，面对谢老如此的抬爱，我应该如何感激他呢？此刻我的喉咙发紧，怎么也说不出话来。谢老看到我激动的样子，微笑着说："画得不错……以后会很有出息的。"我向谢老深深地鞠躬致谢，心中铭记他的关爱……

那是一个秋高气爽的日子，我仿佛在仰望着那金光闪耀的艺术殿堂。我撑着一支长篙，慢悠悠地在艺术之海上划行，探索着艺术生涯的理想彼岸。

七、最后两本画册

光阴流转，岁月留痕。

我和谢老的师生情谊，并非利益索取与甜言讨好的友谊，而是一代宗师的高尚美德与我的虔诚态度促成的一段人间殊缘。

之后的日子里，我与谢老师通过几次电话，主要是关于我画册序言的事宜，他总是豪爽地帮忙解决了。对于我的请求，他从没有过推辞，我感谢他对我的信任。后来谢老一直忙于书画的鉴定，奔波于世界各地。1993年9月，我在上海美术馆开画展，谢老年纪大了，又远居美国，不方便回国参展，但是他却叫在常州的亲属、朋友们前来捧场，我感激不尽。

有一次谢老回国了，他给我打电话说："我住在美国唐人街，那里都是中国人，好好的，放心吧！就是胃不太好，吃不惯他们太冷的生菜及西餐……"我说："谢老师您就回来吧！我们都很想念您！要么请人烧中国菜给您吃！"可因为牵挂子女，不久后，他又出国了，我们又失去了联系。

1997年初春，一位与谢老相识的同事突然告诉我，谢老师生病回国了。我急忙问清情况，决定和刘鹏飞老师相约去看望谢老。

1997年3月27日，这天是我与刘鹏飞老师一生中永远难忘的日子，因为这是我与谢定琦事先联系好去看望谢老的日子。此时正是春寒料峭的时节，走在马路上，我的脸被风吹着，白色的丝巾与蓝色的披风时不时地被吹得上下飘动，心情忐忑不安。因为与谢老已经有五年没见面了，也不知他的病情如何。

我与刘老师找到了上海瑞金医院，来到病房，开门的是熟悉的定琦。"你们来了，请进！"说着话，他转身给正在病房里写书法的谢老师说："爸爸，杨七芝来了！"耳聪目明的谢老嘴里念叨着我的名字，回眸一看我们，写字的手一抖，立马搁了笔，我们连连说："谢老师写好了再说……"他匆匆落款，围在他身边的儿女们迅速卷走了墨宝。

病房里暖气开得很足，环境舒适。谢老坐在南窗边的躺椅上，我与刘老师分坐两边。午后的太阳温柔地照着我们，阳光下的谢老看着比以前瘦多了，头发也稀疏了，最让我心痛的是原先雄健有力的手，如今皮肤变得干瘪苍白没血色了，声音也虚弱了。他穿着蓝白条纹的病号服，外套一件深灰色的毛背心，哪像一位有名的艺术大师呀！

谢老问我，为什么直到现在他都没看到我的画，我忙回答："我下次一定送过来请您老斧正！"他笑了，笑得很甜，又问我还在三清山吗，画展办得好吗？谢老依然挂念着我的艺术前途与发展，真是一位德艺双馨的好老师！然后，他很遗憾地说："可惜我还没去过三清山。"刘老师马上接着说："等您老病养好了，我们陪您去，也请谢夫人一起去，好吗……""好啊，好啊，太好了！"谢老乐起来，他对生活与艺术的热情从未减退。

刘老师明理豁达，旋即告诉谢老，说我经常临摹他的画作，有很大进步。谢老好像猛然想起一件事，他赶快叫人从书橱里拿出两本不久前他出版的画册，他双手捧着画册，口中念叨道："记住啊！这是我最后两本画册，就是留着给你们的。要努力学习，好好保存。"我双手接过谢老赠给我的翰墨瑰宝，心中的感动如潮水般涌动，"不知江月待何人？但见长江送流水……不知乘月几人归，落月摇情满江树。"

夕阳西下，天色渐渐暗了下来，已近傍晚六点，室内的灯亮了起来。我们与谢老交谈了四个小时，却感觉时间很短。但是房间里有贵客等着呢，百般无奈，我与刘老师只好与谢老告别。

我与刘老师走出医院，外面的风很大，把我的白丝巾都吹走了，我疾步追去。突然，一个念头闪过：要是人被风吹走了还能追回来吗？我知道我们的心依然留在谢老的身旁，我们不想失去这位好老师。今生今世，到哪里去找这么一位谦逊和蔼、慈爱睿智的好老师？

那一刻，我感到非常失落，我见到刘老师在一旁抹眼泪，我的心也在流泪。我们只能紧紧地抱着谢老师赠送给我们的两本画册……

八、追思敬爱的老师

1997年的春天悄然而去，初夏的热风滚滚而来……三清山上，我与刘鹏飞老师从电视上看到了噩耗：谢稚柳大师因病医治无效于1997年6月1日22点在上海市瑞金医院云世，享年87岁……

这个消息犹如五雷轰顶，让我一下子脑子一片空白，泪如雨下，哑声痛哭。

时间如梭，一晃谢老仙逝已经18年了。无数个黄昏，我独坐在西窗边，熟读谢老的《艺术生涯》，在字里行间追寻一代宗师的人生轨迹，那些往事在心海中奔腾……

谢老早年在寄园勤奋读书，青年时追寻传统书法与国画，中年时致力于敦煌艺术的研究与创作，晚年时是国粹鉴定的复兴能手，也是关心提携下一代优秀文化接班人的领头人。

他的书法博采众长，具有自己的特点。他说各宗各派如繁星满天，南北都学，要打破门户与地域偏见，兼收诸家之长，用艺术表达内心、表达人生、开创新天地。

　　我早就想记录下向谢老拜师学画的情节，但是多少年来悲痛难忍，好几次拿起笔又放下，好几次写到伤心处而掩卷伏案……年复一年，我深知不能再无限制地推迟下去，我开始回忆与老师的点滴过往。

　　春华秋实，我的思绪随着这些灵性而鲜活的回忆闪耀，我的心灵因有了祖国壮丽山河的滋养而欢唱，我的生命因艺术、师生情谊、笔飞墨舞而永远欢腾……

　　"情随事迁，感慨系之矣！"

杨七芝敬写

2015.3.27

修改于 2015.7.23

三清山上度中秋

白露刚过，就是中秋节。此时，月儿圆，桂花香，花好月圆，千里共婵娟……

多年来，我与先生刘鹏飞时常在三清山上共度中秋，这里远离喧嚣，清静幽雅。今年的中秋我们依然在山上度过。热情的山里老乡早早邀请我们到他们家共度中秋，可是我们有自己的过节方式，便婉言谢绝了。

我们不喜吃甜月饼，便用苏打咸饼干替代，配上新煮的带壳花生、西瓜子及一小坛绍兴黄酒"女儿红"。

吊脚长廊的屋顶两边钻蓝色的翘脚尖上，停着一对青鸟。它们仰着头叽叽喳喳地好像在对话。黄白色的小花猫仰天躺在树下晒着太阳，悠然自得。连一向不调皮的小白狗也高兴地围着大柏树打圈儿寻找果子吃。院内的金桂银桂还未完全开，但已经能闻到浓烈的香气。后院大鱼池旁的含笑树开着洁白的花朵，正在秋风中独步自赏。

彼时，我与先生在朱栏木雕的曲廊周围散步，欣赏周围的花草，不亦乐乎！"长风万里送秋雁，对此可以酣高楼。"先生朗诵起李白的诗。在这寂静无尘的三清山，我们被青山绿水环抱，在这世外桃源相敬如宾，是多么来之不易呀！

　　此刻，我拿着笛儿，他捧着箫儿，倚栏远眺，仰望东边的象鼻峰，耐心地等待着月上东山。

　　须臾，落日的余晖褪尽，夜幕降临，天际一片湛蓝。月亮从东坞升起，我们的古曲《妆台秋思》也悠悠奏响，恰似扬州才子张若虚的诗意："春江潮水连海平，海上明月共潮生，滟滟随波千万里，何处春江无月明……谁家今夜扁舟子？何处相思明月楼？可怜楼上月徘徊，应照离人妆镜台。玉户帘中卷不去，捣衣砧上拂还来……"只见明月当空，柔和而妩媚；那碧海丹心般的明月是如此淡定释然，仿佛带着淡淡的微笑，让人从心底顿觉平和宁静，无限舒畅……

　　伴着中秋的月光，我们一直合奏到月上东山，依然不舍得停下。先生鼓励我唱一曲他填写的昆曲词："何处望玉京？满眼风光在三清。千古沧桑多变幻，悠悠。乾坤无际，起风云。松涛合泉鸣，九天朗月水龙吟。苦海茫茫，缘底是？猛醒！留取丹青照三清。"

　　多么美妙的心灵之约，多么美好的中秋团圆夜啊！

写于 2005 年中秋三清山响波桥
修改于 2015 立秋冰溪画楼

元宵节的月

元宵节前，各地阴雨连绵，令人不禁心生惆怅。

上天眷顾，元宵节当天天气从阴转晴，前几夜的大雨把小城洗涤一新，阳台上种的小葱也从白雪堆中钻了出来。看着阳光逐渐温暖大地，我心头的忧虑霎时烟消云散，庆幸今年的元宵节能见到明月。

元宵节傍晚，天色刚暗下，那淡淡的橙黄色圆月就从东边人家的高楼屋脊后露了出来，在深蓝色天幕的映衬下，有一种欲出还休的美。先生特意拉开窗帘，寻找初月东升的景色。蓦地，他惊喜地叫我去观赏，仰望这不负众愿的月亮，说："月亮初升太可爱了！今年总算没白等，要不，怎样度过这黑漆漆的元宵夜呢？"我立马洗了手从厨房快速地走向南窗下仔细地观察。真的绝妙！这初升的月，还略带些许微橘红，似乎还透着浓浓的浓情，好像一盏朱红色的宫灯高悬天上。华灯初上，星汉灿烂，这样的体验让我的心灵得到了满足，感受到天体间含蓄而朦胧之美。

为这元宵的月，先生铺开了餐桌，近南窗，是观赏明月最佳之地，桌上有友人送来的绍兴老酒女儿红，有香蕉、苹果、橘子与瓜子、杏仁、薄荷糖，还有三清山的云雾茶。

月以圆为贵，人因景而喜，对月当歌，对酒吟诗。趁着月圆之际，我听着先生讲乡下闹元宵的故事。他说家乡闹元宵的场面有五里路长——每家每户张灯结彩，老人们对着镜子在发髻上插一朵粉色的绢花，小孩子穿上新衣拉着有轮子的白兔灯，赶来看戏的乡亲们欢笑着。爆竹声与锣鼓声震耳欲聋，响彻云霄。明月静静地挂在天上，地上的人们热闹快乐地过佳节……

我与先生从不放爆竹，只是喜欢在南窗的天棚上挂一盏大红灯笼，红光满室，喜气洋洋。大红灯笼正好与东升的明月遥相呼应，为节日增添了喜庆气氛。

斯时，夜幕深沉，我想起"月上柳梢头，人约黄昏后""明月千里长相思"等诗句，不由得感慨，古今中外有多少文人墨客都为这轮圆月写下绚丽诗章且流传至今。

元宵的月，凌空独步；元宵的月，如银盘般透亮；元宵的月，银光洒满人间，传递着无尽的爱：爱生活、爱事业、爱朋友、爱家庭、爱祖国。

写于冰溪画楼 2010 元宵节

无声的牵挂

　　读罢推窗望明月，吟余搁笔思牵挂。

　　有那么一位老师常让我默默地想起，想起她的善良、她的纯真。她是《文汇报》的记者兼编辑，是一个虚怀若谷的中年才女，是一个坚持真善美的人，她就是周玉明老师。

　　记得与周老师初次相识，是在 1999 年 10 月的一个日子。当时，我与我的先生刘鹏飞正在三清山上筹建三清山书画院。那天天空飘着细雨，芭蕉叶上水珠晶莹，金桂散发着阵阵香气，山色在雾气中若隐若现，仿佛是一幅诗意的画卷。我们陪同周玉明、赵鑫珊两位老师以及他们的女儿一同上山采风。在攀登途中，我们深感艰难，但周老师与赵老师展现出了对山水的热爱和对人情的珍视。值得一提的是，周老师虽然脚趾骨裂初愈，却依旧穿着凉鞋，毅然决然地跨越了陡峭且险峻的一线天，她的步伐甚至比我们还要快。周老师这种坚韧不拔的性格让我们既钦佩又担忧，赵老师急忙上前劝阻。然而，她只是爽朗地一笑，那笑声在山谷中回荡，悦耳动听。

　　对于我们远离上海，长居三清山创作，他们表现出了极大的兴趣。特别是周老师笑嘻嘻、睁着大眼睛看着我的脸，说："纯、纯、纯！"我顿时感到有点羞涩。她无拘无束地与人聊天，一双眼睛真诚而明亮。你可以读出她特有的内心世界：细腻、精彩、潇洒，就如同她喜爱的披肩那样五彩斑斓，充满活力。

我们邀请两位老师在南天门上的天门山庄下榻。刚入室还没坐下，周老师赶忙从箱子底下翻出一件铁锈红底黑圈花的中式上衣，说一定要送我，口中还念叨："嘿！你穿着好看，快试试看！"我有些难为情，但想到她是真诚地赠予我的。于是，我高兴地穿给她看，并感谢她。多年来，那件衣服一直被我珍藏着。

那年11月回沪，我与先生专门去《文汇报》社拜访了周玉明老师。

周老师带我们来到了顶楼的花园，那里有一间清静的露天茶室。三把藤椅、三杯绿茶，我们三安然坐定，在香茗的氤氲中慢慢饮、细细聊，似乎没有了烦恼。我送周老师一本关于三清山的个人国画册。她聚精会神地看着谢稚柳大师为我题款的金色书法。仔细地读着谢老师为我撰写的序言，喃喃地说："不容易，不容易！"不一会儿，她似乎想起什么事，猛地站起身，飞快地出去。没多久，她又气喘吁吁地跑回来，捧着两本厚厚的书，说要送给我们。一本是《文汇报》社的专辑《感受那片森林》，一本是她自己的著作《最耐读的是人》。这两本书对我与先生来说是珍贵的礼物。我连忙说："请周老师题几个字，行吗？"她欣然答应，一边找椅子坐下，一边抬起头用亲切的眼神望着我俩，旋即，在扉页上写下十分端庄的钢笔行书："你们也是一本最耐读的好书，一首最美的二重奏。"我们真心地感激与周老师的缘分，也感到这是她对我们的鼓励。

我把那书当作一个画者提高写作、净化心灵的必修课，茶余饭后或有闲情逸致时经常拿出来读一读。我被她的才华和人品深深吸引。她年轻有为，一边工作，一边写作，至今，她与赵老师已经写了十几部著作。

"君子扬人之善，不扬人之恶"正是看真善美容易，写真善美难，想做真善美之人更是难上加难。周老师爱憎分明，扬善避恶的品质也在她的书中处处体现着。

最让我感动的是周老师关心他人的高尚品质。

著名的弹词演员徐丽仙一生坎坷，患病期间还坚持演出。在徐丽仙患绝症的日子里，周老师经常去看望她。徐丽仙在重病中涕泪交零，一把抱住周老师说："小周，你最懂我！"在长期卧床的徐丽仙心中，周老师是她的半个世界。那些痴迷于"丽调"的听众感激周老师曾经无微不至地照顾徐丽仙。她奉献的是一份不是亲人却胜似亲人的爱心。

然而周老师认为这是应该的。她是真诚的，胸怀大爱。假如世界上多一些像周老师这样有爱心的人，人世间的悲剧就会少一点。

与周老师第三次见面是2008年4月。周老师心态很好，越活越年轻，还留起了一根长长的辫子。大家相谈甚欢。周老师要送我两本著作，一本是文集，一本是她和赵老师合写的书。过了一会儿，她又要送我礼物，一件红缎衬衣和一件红毛线长大衣，说冬天我画画时，穿着膝盖就不冷了！周老师豪放中透着细心与热情，我甚为感动。但衣服我怎么好意思收呢？迟疑了很久……可她的个性向来如此谁都拦不住的，于是我郑重地接过周老师的礼物，颇觉情深谊长。也好，就把这一份关爱深深地记在心中；也好，抚摸着它我就会想起周老师。

感激之余，我送了周老师一张三清山司春女神的国画，下面有一段题款是特意为她写的，因为周老师的美德就像司春女神一样："愿人间，花常开，树常绿，五谷丰登年年有春天。"周老师谦逊地微笑着说："不敢当！不敢当！"

岁月如流，与周老师的第三次欢聚已经过去五个年头，然而周老师那明朗而爽朗的笑容时常在我眼前浮现。

夜幕降临了，一轮明月从东边的山峰间升起，穿透云层，照亮湛蓝而辽阔的夜空。轻轻的风吹过画楼窗前，花枝摇曳，发出沙沙声。我悄悄地寄语清风明月：请捎去我与刘鹏飞先生的问候与衷心祝福，请不要惊动周玉明、赵鑫珊两位老师的创作灵感……

初稿敬写于 2007.9.10. 教师节冰溪画楼

最后修改于 2014.2. 元宵佳节

玉汝于成陈阿姨

"红尘自有痴情者，莫笑痴情太痴狂。若非一番寒彻骨，那得梅花扑鼻香。问世间情为何物？直教人生死相许。看人间多少故事，最销魂梅花三弄……"

这是歌曲是电视剧《梅花三弄之梅花烙》的片头曲，由琼瑶作词，姜育恒演唱。

我没关注过这部电视剧，也很少看琼瑶的小说。最近，我因无意中收到"问世间情为何物？"这句触及心灵的词，才第一次完整地聆听《梅花三弄》这首动人心弦的曲子。它让我想起许多往事……

20 世纪 80 年代中期，我有幸从江西上饶调到常州戚墅堰文化馆工作。馆里有一位图书室管理员，是从上海退休回乡的陈阿姨，她看我孤身一人，便叫我陪她一同住在老街，她的二层楼老屋。阿姨住在二楼的外大间，我住在里小间。

在那古色古香的老屋里，通过窗户能远眺邻家的层层屋顶与楼下排排绿树。

陈阿姨家的后院种了各种花草，有的比我还高，亭亭玉立。我最爱在楼下的书房里静静地学习与画画，但当阿姨回上海时，我独自一人，便有些害怕，门响的时候，总是让人心里一紧。

小阁窗外是一条小巷子，晚上人影晃动，特别吓人。我常常深吸一口气闭着双眼，盼望着陈阿姨第二天就能回来。

陈阿姨阅历广泛，知书达理，待人热情。她是常州人，身世坎坷，丈夫因故早亡，可怜她带着一双儿女，还要照顾年迈的婆婆。但她乐观开朗，气质优雅，歌声悦耳，喜欢听苏州评弹。她个子高挑，不胖不瘦，皮肤白皙，短头发，笑起来和蔼可亲。

她微笑地看着我说："你真像琼瑶小说里才貌双全的大家闺秀。"我们俩在艰难的日子里相互帮助，我们每天都在读书学习，修身养性。不是亲人胜似亲人，在常州与陈阿姨相依相伴的那段岁月，是我一辈子难忘的时光。虽然一年后我调离这里，但我还是坐三个多小时的公交车，住在阿姨的老屋陪伴她，一直到1988年底我调回上海。

后来她有时去上海看望儿女孙子，我知道后也常去探望她，她开心地又拿吃的，又关心我的生活，还要给我介绍对象。说对方条件非常优越，照片她也看了，人不错。但我婉言谢绝了，说自己已经有心仪之人了。阿姨听后才放心地说了两个字"难怪"！我觉得"生命诚可贵，爱情价更高"，真正的爱情是建立在志同道合、相敬如宾的基础上的。至于权、钱与年龄都不在条件之内。当然，从相识到相知，我也独自等了刘老师整整十年，正如那句"问世间情为何物？直教人生死相许。"我无怨无悔！

在常州时，每天晚上见陈阿姨休息时靠在床边看琼瑶的小说，边看边流泪，还叫我也看看。于是我为感受作者的笔墨去读了几篇。后来因为工作、读书、书画创作需要更多时间，我就没有再看了。

　　这两天，我废寝忘食地在玉山的冰溪河畔写下这篇散文，要感谢琼瑶，感谢她的词曲唤起了我对常州陈阿姨的美好回忆。

杨七芝原创于玉山冰溪河畔

2020.5.28

第二辑

人杰地灵玉山情

冰溪河畔七里街

　　冰溪河是江西省上饶市玉山县的一条主要河流，是玉山的母亲河。它源于世界自然遗产三清山，经金沙溪潺潺流淌进玉山县城，又向西与怀玉山的玉琊溪汇合，一起流进信江，注入鄱阳湖，最后流入长江。

　　"半江青山半江城"，青山蓊郁水迢迢。这里群山环绕，碧波荡漾，古木林立，百鸟争鸣。修复后的明代古城墙，高5米，长约1300米，蜿蜒于冰溪河畔。

　　唐代诗人戴叔伦游经此地，留下千古名诗《送前上饶严明府摄玉山》：

> 家在故林吴楚间，
> 冰为溪水玉为山。
> 更将旧政化邻邑，
> 遥见遒人相逐还。

　　七里街位于玉山县城西南部，冰溪河北岸，现为国家AAAA级旅游景区，有1300余年历史。古代商贾大都从冰溪河畔七里街上岸进行贸易。现在的三清山交通发达，土产丰盛，资源富饶，惠泽着这块江南名胜和一方百姓。

七里街景区的总面积 3.2 平方公里，其核心景区面积 1.85 平方公里。七里街景区先后荣获江西省美食名街、江西省风情旅游小镇、中国历史文化名街，以及大学生创业孵化基地等多项荣誉。

七里街是玉山的一条极具特色的旅游文化老街。其东起玉山大桥，向西延伸至冰溪河下游文成镇的白浪屿，全长七里，故而得名七里街，它是玉山最长且最为繁华的街道。这里汇聚了酒店、茶馆、商铺、书店、中医馆、书画社、庙宇等，与徽派古建筑相得益彰。七里街不仅拥有石文化街、罗纹砚艺术工坊、养生酒坊、提线木偶非物质文化保护纪念馆等文化场馆，还有诸如临湖豆腐坊、养生素食馆等特色美食店。

七里街分为沿溪路、步行街和北街三条街。走在沿河路，可以欣赏湖光山色，仰望武安山最高峰的七层塔，那里层峦叠翠，林深竹茂，是休闲养生之地；走在沿河路，可以顶礼膜拜唐代遗留下来的著名普宁寺，寺内香火缭绕，晨钟暮鼓。朝拜着汉白玉雕塑的全身滴水观音像高大耸立，仿佛心灵融化在一方净土里，宁静致远 无所奢望。

走进七里街，犹如沐浴在文化的春天里，置身于千古璀璨的文脉中。街道上耸立着历代名人的铜像，如唐代宰相阎立本、唐代诗人戴淑伦、宋代状元汪应辰等。街道两旁的墙壁上还雕刻着南宋爱国诗人陆游的《玉山县南楼晚望》和宋代理学家朱熹《偶成》的诗句。

谁能想到，十几年前，冰溪河北岸的七里街还是一条狭窄破烂、房屋残缺、环境脏乱差的棚户区，青石板的路面坑坑洼洼，一到雨季只能穿长筒鞋。

20世纪70年代，三清山书画院院长，非常喜欢玉山这座千年古邑，被这里的自然景观和人文景观深深吸引。1999年她自费在冰溪河北岸买了一套新房，作为上海与三清山的中转站。经过查找资料和研究，杨院长发现冰溪河绝不仅是一条普通的老河，而且是曾被现代作家郁达夫誉为"东方威尼斯"的水城。于是她认真访问了当地百姓和学者，疾笔写下了《冰溪河》这篇散文。

2005年，开发三清山的刘鹏飞院长向玉山县人民政府建议："要美化冰溪河，提议两岸长堤用汉白玉雕栏并栽上桃树和柳树，还要发展杏花村、桃花坞、万柳洲、文成塔、博物馆等。"2012年，当地政府投入巨资改造冰溪河，以一河两岸为依托，建成了七里街"梦里水乡"项目，实现了文化、旅游、美食的综合开发。很大程度上还原了当年郁达夫散文《冰川纪秀》中的景观："玉山城里的人家，实在整洁得很，沿城河的一排住宅，窗明几净，倒影溪中，远看好像是威尼斯市里的通衢。"华灯初上，月照楼台，站在冰溪河南岸眺望七里街，一排排街景似琼楼玉宇。

七里街的变化是"美丽江西"的缩影，真切感受到"守底线、走新路、奔小康""绿水青山就是金山银山"的理念。

一方水土养一方人。物华天宝人杰地灵，商业繁荣景色优美。玉山七里街的变化，使我们更加坚信，只要我们"只争朝夕，不负韶华""踔厉奋发，勇毅前行"，中国的明天就一定会更加美好。

　　　　　　　　　　　　2023年3月29日作于三清山书画院

新书首发　玉山情怀

　　万里长空，秋高气爽，平添我对秀美玉山的眷恋……

　　2016 年 9 月 4 日，我的新书《金风相送到瑶台》迎来了首发仪式，地点就在玉山县著名的国家级景泰赏石博物馆二楼展厅。

　　"艺海慈航通彼岸，金风相送到瑶台。"我朗诵着 33 年前刘鹏飞老师在三清山的三清宫内赠予我的第一首诗，我回忆着十几年前自己正式提笔写作时，向刘老师立下的誓言："假如有一天我能写书，一定要用您的这两句诗作为书名。""真的啊？"当时刘老师惊奇地望着我，后来，我兑现了承诺。2012 年，我学会了电脑，2013 年就出版了第一本书《艺海慈航通彼岸》。2016 年，也就是刘老师病后一年，我出版了《金风相送到瑶台》，作为作对刘老师最大的安慰。

　　苍翠的武安山间紫气缭绕，潺潺的冰溪河水穿行清幽的山谷。博物馆的奇珍异草、涓涓流泉与亭台楼阁相映成趣，吸引了我。漫步走上旋转的铁楼梯，二楼即是展厅，厅内约是 200 平方米的长方形场地，东、西两边各放了一张长方形大会议桌，南面是主席台。桌上铺着红色的台布，把人映得红光满面，分外精神。厅内四周挂满了玉山人的书画佳作，还有花鸟画家徐孝方创作的大幅牡丹国画。

我抬头仰望着主席台上红布白字的横幅"金风相送到瑶台杨七芝新书首发式——民间文化交流协会"，心中不胜感慨。主席台上坐着会长周树睦、主持人许春水、刘鹏飞老师和我。台下人头攒动，友人们谈笑风生，场面热闹非凡。

九点一过，主持人就用洪亮的声音宣布新书首发仪式正式开始。主持人首先简单地介绍了我。接着，周会长讲话，他向大家介绍了这本书。

而后，主持人宣布由我讲话，台下向起的阵阵掌声使我心跳加速。在玉山 17 年来，我还是第一次在公众面前发言。我感谢大家对我的支持，感谢刘老师对我几十年的栽培，许秘书的一路关照，感谢周会长的无私帮助。

之后，几位文艺界的朋友纷纷发言，对我的新书出版表示祝贺。

活动达到高潮时，德高望重的刘老师与周会长为我的新书揭开"红盖头"。台下响起了热烈的掌声！

不一会儿，主持人兴奋地宣布首发仪式结束，随即进入售书及作者签名环节。为了帮助我，周会长与许秘书带头买书，副会长周毅洪和封凡礼记者都豪爽地买了五本书，刘老师帮我一起签名，让我十分感动。

我久久眷恋着玉山的情怀里，为玉山以及乡亲们献上一首诗：

千年古城美玉山，
博士才子无穷传。

青山绿水风光地，

友人欢聚使命担。

　　玉山朋友的那份情谊、那份关爱会永远镌刻在我的心田。此刻，我是世界上最幸福的人。

2016 年 9 月 4 日

写于三清山书画院冰溪画楼

花开半夏　传承文韵

——写在江西省玉山县作家协会成立时

　　人间四月天，草长莺飞。2019年江南的春天还算温暖，花朵含苞待放，处处洋溢着生机。

　　江西省玉山县著名的杏花村，历经吴行固老学者多年执着的考证，终于迎来了它应有的荣耀。唐代著名诗人杜牧的千古绝句《清明》终于有了归宿。惊喜中玉山迎来了春天，春意融融，春雨绵绵，空气中弥漫着淡淡的花香。初夏，武安山下，石榴树花团锦簇，橘红色的花朵竞相斗艳。玉山县继承千年文脉，于5月30日成立了作家协会，这是玉山县文化人的又一个春天。感谢各界知名人士的鼎力支持，感谢玉山县各级领导的重视，感谢一代代县文联工作人员的辛勤付出。

　　玉山自古书香气息浓郁，人才辈出。

　　唐代著名画家、右丞相阎立本曾隐居玉山，后将自己的住宅及地产全部赠予寺院。这个寺院就是千古盛名的普宁寺，至今香火旺盛。

　　唐代著名诗人戴叔伦曾在江西为官，他在《送前上饶严明府摄玉山》一诗中，将冰溪与玉山描绘得淋漓尽致，成为流传千古的佳句。

　　　　　　　家在故林吴楚间，
　　　　　　　冰为溪水玉为山，
　　　　　　　更将旧政化邻邑，
　　　　　　　遥见遄人相逐还。

　　南宋诗人陆游，曾经过玉山时被美丽的江边景色深深吸引，写下了《玉山县南楼小望》一诗。朱熹曾讲学于县内的怀玉书院，并在玉山留下了《玉山讲义》一诗。

　　南宋绍兴五年（1135 年），玉山汪应辰考取状元，年仅十八岁，是中国科举史上最年轻的状元，被皇帝赵构赐名"应辰"。后仕至吏部尚书、翰林学士，被封为玉山伯、上饶侯。

　　行文至此，屡屡被玉山文坛的历代名人所感动。枝繁叶茂结硕果，玉山作协人才济济，这是玉山人的骄傲！

　　我们的创作必须从实处着手，从稳处落脚，爱国为民、崇德尚艺，扎根乡土，深入生活，奉献社会，认真地向祖国和人民交上一份满意的答卷。

　　从此玉山人有了自己的作家协会，可以挥洒诗情画意，春华秋实指日可待。

　　　　　　　　　　　杨七芝敬写于 2019.6.2
　　　　　　　　　　　修改于 2019.12.21 三清山书画院

眷恋紫湖枫叶村

——探寻状元汪应辰故里

一、曾经的失落

> 远上寒山石径斜，
> 白云生处有人家。
> 停车坐爱枫林晚，
> 霜叶红于二月花。

　　这首《山行》是杜牧的佳作之一。小路、人家、白云、枫叶构成一幅深秋美景，令我每次读来都心驰神往。虽是深秋，但层林尽染的如火烧彩霞，诗人细腻的笔触撷取了绚丽的秋色，叫人陶醉其间，流连忘返。由此，诗人当时迷恋秋山枫叶、不愿返回的心境可想而知。

　　我常眷恋着玉山紫湖镇三清湖深处的枫叶村。最早知道枫叶村，是因为 2006 年我与刘鹏飞在三清山认识了紫湖镇八仙洞村友人陈至生。经他介绍，我们又认识了枫叶村在外地奋斗的友人单泰田，他的哥哥叫单泰山，早就是我的好友，是原玉山县电视台副台长，为宣传我与刘老师的《三清山之恋》，他多次拍摄专题片。那个时候，单泰田年轻有为，租下了八仙洞的部分田地，想和我们共同开发旅游业，策划开发八仙洞景区。因为山上不仅有原始森林与瀑布，溪涧有风光旖旎的梯田和硕果累累的树木，更有千年文脉唐洋塘寺。我们非常喜欢这里，便在陈至生家山上，租了一幢老屋，想在那儿办个书画院。三方不谋而合，一拍即成。前后进行了大量的考察，还邀请上海专家设计了蓝图。泰田豪爽侠义，也付出了很多心血。后来，八仙洞划归三清山风景区管辖，融入大三清旅游版图。

早晨，东方的一轮红日渐渐地升上山顶，照耀着四方百姓。傍晚那晚霞似火，点燃群岭、碧湖、沙滩……我抓住每一次机会，用五年时间创作了两幅长400厘米、宽40厘米的三清湖水墨长卷。2014年出版画册时，我把枫叶与八仙洞画在一起。"知者乐水，仁者乐山"，如果有名人来写枫叶村的诗，那定美得让人心驰神往。每次经过紫湖遥望枫叶村，我总想坐船到枫叶村住上几天。

哪晓得一次也没去成。我眼馋这"停车坐爱枫林晚，霜叶红于二月花"的美景，总是畅想坐一叶扁舟，经过那弯弯的山道，九曲湖水，顺水走进枫叶村，这是何等的潇洒自在。想起儿时最爱唱的歌"让我们荡起双桨，小船儿推开波浪。海面倒映着美丽的白塔，四周环绕着绿树红墙。小船儿轻轻飘荡在水中，迎面传来了凉爽的风"。如今想来，那山清水秀，诗情画意的场景，多么令人心醉神迷啊！

二、有缘难相见

状元汪应辰就生在枫叶村，自小砍柴放牛，在蜡烛下寒窗苦读。

绍兴五年（1135 年），汪应辰年方十八高中状元，被宋高宗赵构赐名"应辰"，并题诗一首《题汪应辰渊底松》，后仕至吏部尚书、翰林学士，被封为玉山伯、上饶侯。

汪应辰是状元，是枫叶村的骄傲。我日夜期待着去拜访人杰地灵的枫叶村。

2020 年初秋，我在学生吴旭的陪同下到枫叶村采风。我们赶到了大叶渡边，此时山色空蒙，岸边的枫树像一把把撑开的大伞，但如掌的枫叶一片片绿中夹黄，还未泛红。渡口挤满了人，已到晌午，不知要等到何时才能渡湖。进村还得走很远的路，湖面上风高浪急，凉风中带着寒雨，我没带御寒服，有点冷。权衡之下，我们又放弃了这次采访枫叶村的机会。

三清湖上云雾缭绕，枫叶村在迷雾深处若隐若现，让人不忍离去……

三、梦想成真

霜降寒风号，
枫叶早惊秋。
梦里寻它千百遍，
绿肥红瘦满湖艳。

2021年10月，寒潮袭击江南，冷得想穿棉袄。庆幸的是霜降过后又恢复了暖意。可爱的暮秋，它踏着轻盈的步子，悄悄来到身边。

"蒹葭苍苍，白露为霜。所谓伊人，在水一方。"

霜降后第二天，学生吴旭邀请我一同去紫湖枫叶村采风。迎着暖阳，来到惦念已久的枫叶村摆渡口，登上农家机动船，近距离亲近那久违的三清湖。因为枫叶村三面环水，另一面是原始森林，百姓进出唯有坐船。这不是一般的航程，而是约有5公里的有曲有直的深水路，平添了几分神秘感。

半小时后，瘦小羸弱的船老大，低头弓身艰难地拉着纤绳将船靠岸。这一幕让我难忘，感慨……

登岸，我激动地走向日夜思念的枫叶村。进村的路令人惊奇，原以为是泥泞小道，没想到却是依山傍水清洁平坦的水泥马路。我们沿着蜿蜒曲折的路向前行去，路人告诉我们："这里路不拾遗，夜不闭户，民风淳朴。"果真，小溪边放着几箩筐谁家洗过的红薯，没人去拿。

是啊，在玉山，居然有民风这么淳朴的村庄，让我感受到这一方水土的珍贵。

这里是一个有着1467人的行政村，因青壮年大都外出谋生，留在村里的仅有五百来个老人和小孩。一切恬淡自适，袅袅炊烟缭绕在山间，临近湖面的房子第一层架空，用来堆放杂物，待来年涨潮时，会被湖水淹没；二三层楼房将成为"漂在水上的农家"，这简直是世外桃源！挤在树梢憋红了脸的柿子，搭在木架子上晾晒的黄豆枝，挂在屋檐下收集土蜂的养蜂桶，矮枝间垂鲜红辣椒；闲逛时走过的一条土狗，突然惊飞叫不出名的漂亮小鸟，三两只穿梭于奇卉野花间的彩蝶；数百亩肥沃的湖床上，一大片半尺高的绿草随风摇曳，构成一幅美丽的田园风景画。

来到一片黄澄澄的菊丛边，陶公"采菊东篱下，悠然见南山"的隐居生活浮现在眼前；小桥下清溪中悠闲游弋的雪白鸭子，三五成群在寻觅小鱼，它们会欢快地向我们引吭高歌；口渴时，老乡的一杯醇香热茶，仿佛纯朴的乡风，送来一阵清新的芬芳。碰上一位推大板车的樵夫，微笑地给我们打招呼说他要进山去砍柴。他们对路人没有戒备心，十分友善，瞬间让我想起了当年在北大荒农垦时的许多往事。"有朋自远方来，不亦乐乎。"这里的老乡那么善良，我好感动。

我们自然要去拜访历史文化名人汪应辰的故居。在当地人称作状元地的路口立着一块石碑，介绍了他的一生。那是一盏历史文化的明灯，照亮世世代代的村民和行人的路；那是一位耕读传家的榜样，闪耀在历史的星空，激励着后人不畏艰险、砥砺前行。

站立在汪状元的碑前，我在想：每一个活在世上的人，都应该留下点什么，体现自己的人生价值。我们要努力弘扬中华民族的伟大文化精神，守正固强，为新时代放歌，为人民谱写崭新的篇章。

驻足在鱼米之乡枫叶村的碧波岸边，我愿深情地放歌。这一天，我足足等了15年；这一天，正巧是我本命年的生日；这一天，来之不易，意义非凡。

作于2021.10.25玉山画楼

杏花村，千年等一回

——记 2019 年玉山杏花村诗会

"清明时节雨纷纷，路上行人欲断魂。借问酒家何处有？牧童遥指杏花村。"唐代著名诗人杜牧当年写下的这首《清明》耐人寻味，广为传颂。

我仰望着开满杏花的玉山古村落，茅屋炊烟袅袅，田间地头传来男耕女作的豪爽笑声；我俯瞰着冰溪河的潺潺流水，它在波光粼粼中汇入信江、奔向鄱阳湖，最终融入长江，沿岸的古藤老树、茂林修竹，都在企盼着子孙后代的繁荣昌盛。

杏花村有幸等到了杜牧。他的诗情景交融，他自己也意想不到这寓情于景的平常诗，会成为经典，流芳千古。

2019 年 4 月 20 日谷雨节气，天公赐福、春光明媚，首届"玉山县杏花村诗会"开幕。清早，老百姓像参加盛大的节日一样穿红戴绿。只见，男女老少，扶老携幼，像潮水般涌向杏花村金沙湾边大坡的草坪。

杏花村啊，我来了！清明诗会啊，玉山人来了！美丽优雅的杏花村、你就像久藏深闺的美人，今天将向世人揭开你神秘的面纱。

今天百花开满村落，清香扑鼻，彩蝶迎宾；大街小巷挂满了写有"玉山杏花村诗会"的仿古旌旗，旌旗迎风飘扬。大会演出台搭在草坪的东面，周围是古色古香的粉墙长廊，供人休憩。

长堤岸边的平台上矗立着诗人杜牧的铜雕像。我伫立在诗人杜牧的身边，仿佛听到他咏诵着《清明》，抬头向草坡上趴在老牛背上吹笛的牧童微笑示意。

我吟了几句诗：明珠阳光久相依，微笑常仰青鸟飞；远古杏花村何在？今朝有幸阁下息！新雨过后一城洗，魅力清明瑰宝奇。心领神会才华溢，武安山下今胜昔。

我与文友一起选择在长廊里远观节目。旁边也坐满了看热闹的老人们，他们开心地讲述着杏花村的故事。

"清明时节雨纷纷，路上行人欲断魂。借问酒家何处有？牧童遥指杏花村。"杏花村因杜牧的诗而名扬天下。玉山人民因勤劳创造了仙境般的杏花村，令世人神往。

写于 2019. 谷雨之夜三清山书画院

修改于 2020 谷雨

心花怒放　香远益清

——记出水芙蓉

盛夏之际我最爱欣赏荷花，那婀娜多姿、含苞欲放的粉红花蕾，宛如圣洁无瑕的仙子，在水中亭亭玉立。它承四季之灵秀，纳日月之精华。我不禁想起北宋周敦颐的《爱莲说》："水陆草木之花，可爱者甚蕃。晋陶渊明独爱菊；自李唐来，世人盛爱牡丹；予独爱莲之出淤泥而不染，濯清涟而不妖，中通外直，不蔓不枝，香远益清，亭亭净植，可远观而不可亵玩焉。"

"沉浸醲郁，含英咀华"，细品《爱莲说》，余韵悠长。而朱自清的美文《荷塘月色》则写出了莲花在月色下朦胧的美姿。莲出淤泥而不染，如洁身自好的文人。它通直的根茎，连着明艳却不媚的花朵，还有那藏于莲蓬中的洁白莲子，以及根植在污泥里白皙的莲藕宝宝，从上至下皆纤尘不染，乃是真正的出水芙蓉。

记得张大千和先师谢稚柳最爱画荷花，我也曾画过《莲花观音大士图》。画前必须排除任何干扰，关门清桌，洗脸洗手，焚一炷檀香，闭目凝神，思考构图。而后集中注意力，宁静地去完成作品。此时不觉莲花的清香扑鼻而来，心境随之舒展。

身体与精神在这种淡雅花香中渐趋合一，画笔在手中舞动，一幅画作在笔下徐徐呈现。

此刻，不管人生有多少遗憾，多少酸楚，幸也好，不幸也好，只要凝望一汪莲池，静观一朵花、一片叶，便觉轻松自如。

敬作于 2019.2.17

修改于 2019.12.12

再次修改于 2022.11.7

雪中情

　　"寒风萧萧，飞雪飘零，长路漫漫，踏歌而行。回首望星辰，往事如烟云，犹记别离时，徒留雪中情……"这首《雪中情》是电视剧《雪山飞狐》的片头曲，也是我三十多年来非常喜欢的一首歌。

　　傍晚，我习惯在玉山的沿河路散步，嘴里常哼着这首歌。此时寒风萧瑟，飞雪将至。那鸟已归巢，长堤上行人早已不见踪影。我喜欢独行，既可以赏景，又可以构思诗作，耳畔只听见溪水淅淅沥沥的流淌声。

　　"雪中情，雪中情，雪中梦未醒，痴心换得一生泪印……"我还没来得及走到杏花村河边，吟唱这首令人陶醉的好词佳句，天却暗了下来。风肆无忌惮地呛着我的喉咙，很难出声。我忘戴手套，双手冰冷，只好转身回家。没对大自然唱首歌，心里很郁闷，便吟诵一首古诗——《白雪歌送武判官归京》："北风卷地白草折，胡天八月即飞雪。忽如一夜春风来，千树万树梨花开……"

　　我自小接受爱国主义教育，常为文学作品中的牺牲精神而感动得泪流满面。我崇拜书中、电视剧中的英雄豪杰，那种精忠报国、死而无憾的英雄气概，可以震撼我的心灵。因此，

18岁那年，我就从军去了北大荒建设兵团，与风雨为伴，与雪冰为友……

我漫步回家，沿河路两边街上的霓虹灯都亮了，正好为我照亮回家的路。回到家后，我打开手机循环播放这首《雪中情》。

回想当年，我想起在冰雪之地北大荒工作、生活的点点滴滴，这首《雪中情》一直回荡在我耳边，越听越感受到人情世故的珍贵。这首歌可以让前途迷茫的人听到英雄策马扬鞭驰骋在林海雪原上的壮美呼唤；也可以让落魄的人，看到雾迷津渡时彼岸的一丝曙光。今晚，就让这歌声伴我慢慢地进入美好的梦乡吧……

"雪中行，雪中行，雪中我独行。挥尽多少英雄豪情，唯有与你同行，才能把梦追寻……"

写于 2019.12.29

冰溪河畔写优秀

妙手仁心　国医传承

——走进名医顾新建的杏林世界

一、首次领略骨伤科

以前我对骨伤科毫无了解，可当我经过治疗身体好转时，才真正感受到妙手回春的魅力。

2017 年 11 月，北风吹得人脸疼，老年人不敢轻易出门。玉山的许春水老师热情地来电话说："杨老师，你颈椎腰椎不好，玉山的总工会有个骨伤科的免费治疗活动，带队的是医术高明的玉山籍名医顾新建，你来试试。10 日上午 8:30 我开车来接你和刘老师。"我很感激许老师的邀请和关照，但天太冷，怕刘老师身体吃不消，另外不相信自己的顽疾能治好。但许老师真挚邀请，我与先生商量后决定前往，那天特意早起，先生陪我一同前往。

岂料，11 月 10 日这天非常寒冷，百花凋零，雾气弥漫，连口中呼出的气也凝成薄雾。许老师驾车飞驰至位于郊外十七都的县总工会。一座巍峨雄壮的高楼大厦矗立在广场的正中央，一位中年高个子医师早已在大门口迎接我们。许老师快步上前去与他握手，并为我们介绍，这就是知名医师顾新建。他慈眉善目、和蔼可亲，一点架子都没有。最可贵的是，他放弃星期天的休息时间，带了几位徒弟过来，一起为患者服务。

我自小热爱体育，跟父亲学过杨式太极拳，跟师傅们学习内家功、长拳及刀剑，身体素质较好。18岁赴北大荒兵团劳动，累垮了身子骨，落下了严重的风湿病，无法根治。我没试过针灸和推拿，多少年来一直忍受着疼痛……

这次我抱着支持工会工作的想法而来。医师们用灵活的双手，通过推、拿、按、压、揉、拉等手法，即使隔着厚衣物，也能精准判断出病灶所在。我对正骨很害怕，顾医师叫我放松。只见顾医师在趁我不注意，猛然发力，"咔嚓"一声完成正骨，我被吓了一跳。顾医生让我起来活动一下，我才发现疼痛的部位一点儿也不疼了。

这次按摩我发现自身病灶不少，要根治很难，但每年冬春交替时因颈椎病引发的美尼尔氏眩晕症竟没复发。感谢顾医师的高超医术，让我摆脱了病痛的折磨。

二、走进"佛手堂中医"

在精湛医术的背后，谁能知道顾医师呕心沥血的从医历程。2006年，顾医师创办佛手堂中医馆，至今已有12年了。

上次顾医师为我们免费治疗后，每周星期天下午，我与先生先漫步于冰溪河畔的密林小径，穿过葳蕤苍翠的武安山北岸，登上东面玉虹桥桥头的"芳泽亭"小憩舒氧，眺望金沙弯万种风情的碧柳洲，再穿过斑驳的明代古城墙，最终信步来到十字路口横路街尽头的"佛手堂"。

医馆坐西朝东，大门上方中正悬挂八个绿色大字的匾额："关爱生命　呵护健康"。推门进去，扑鼻而来的是清香的艾草味，顾医师早已笑眯眯地迎接我们。

眼前是一间不小的长方形医馆，抬头可见正中上方挂着一方匾额，上面写着"杏林师表"，是书法家郑玉健的墨宝。左下墙角陈列着几排古董花瓶和内柜，十分典雅。室内四周有长排木椅、原木矮凳，中央置一个红木根雕大茶几，茶几上面摆一大玻璃瓶，内插富贵竹，茶几上放着几瓶热水供病人们饮用，暖意融融如沐春风。

走进右边的诊疗室，三张按摩床依次摆放，墙中间挂有一幅牡丹油画，空调暖气开得很足，房间里温暖如春。

我第一次接受针灸时趴在床上有点紧张，哪晓得他隔着棉衣已找正了穴位，二十几根三寸长的银针扎下去了，不太痛。我好奇地问："顾医师，这样扎能找准穴位吗？""没问题！都熟了，打了33年的穴位，早就练就透视'眼'。""那您是孙悟空的千里眼，我没见过如此神奇的针法，也是师傅传下来的？"我刨根问底。顾医师说："师傅考虑到病人脱衣裤扎针不方便，还得受寒，就苦练隔衣扎针，日久天长地练习，每一个穴位都能很快地找到……""我有点不敢相信，这需要多少年，多少次的摸索才能有这样的功底啊！当医生真不容易！""是啊，当医生很辛苦！但病人的康复和笑容就是我们最大的幸福。"我听了很感动，说："这么苦这么累，您有没有打退堂鼓，或者改行？"他微笑着说："我就是爱这一行才干的呀！师傅告诫我们不可怠慢病人，不可嫌贫爱富，要一视同仁。病人没办法才来找医生的，我们能见死不救吗？这是医师的责任，一辈子要坚守的……"

顾医师善心积德，尊敬老者，还免费为刘老师进行治疗。他说："钱不重要，重要的是友谊。刘老师是开发三清山、玉山最早的专家，我们感谢您还来不及！让您好起来，再能写字画画，这是我们最大的心愿。"

"凡为医之道，必先正己，然后正人。"振兴国医先振人品，顾医师当之无愧！

三、种善根　结善缘　为民众

青山绿水出才人，武安冰溪耀灵光。

我想采访顾医师的念头愈发强烈，常在顾医师为我按摩、针灸之际寻找话题。"顾医师，有没有生过病啊？""生过，说来话长……""那您给我说说。"

顾医师老家在玉山下塘，出生于殿口，今年55岁。他8岁开始跟着大伯学习南少林武术，有一个黄老师教他们用一些中草药疗伤，如此便在他心里种下了武术与国医的种子。17岁初中毕业后，他被分配到玉山磷肥厂工作。一个偶然的机会，他到上海卖西瓜，将西瓜送到原来下放到店口的上海知青伤科医师王琦家（现在的师傅）。王老师很热情地请他在家住了三天。顾医师看到王老师为病人推拿、针灸、刮痧、拔罐、正骨等，他特别感兴趣，当即向王老师提出要拜他为师。王老师也特别喜欢他纯朴的性格，却慎重地说："让我想想，等待机会，我来接你。"

　　王琦老师是上海人，和哥哥王瑾师承伯父王子平（中国知名人士，爱国者、武术家、骨伤科专家，声名远扬），他们是王氏骨伤科第二代传承人。

　　一年后喜讯传来，王老师真的来接顾先生去上海中医学院进修三年。期间，他白天在中医学院上课，晚上又到王瑾老师家学习推拿针灸。王瑾老师手把手地传授，王老师的父母充当临床病人让他来练手，通过这样的实践，他学习到了很多实战经验。

　　中医学院竟然只有顾医师是江西乡下的，其他都是医院里的医生。顾医师勤奋图强，刻苦学习中医课程。毕业后随王琦老师在吴淞医院专职骨伤科上班，作为王氏骨伤科的第三代传人正式传承师业。王琦老师不仅传授他精湛的医术，而且还传授爱国爱民的奉献精神。

　　正当顾医师在上海医院干得风生水起时，他的父母硬是把他叫回江西玉山，说："你是玉山人，是玉山的山水把你养大的，应该回报当地。你名声在外，当地人都到上海去找你看病，多不方便？"顾医师不负众望，回到玉山后便扎根乡村，服务民众，一干就是33年。

　　回乡后，顾医师于1988年创办专科门诊，1989年调入冰溪镇卫生院，1999年创办冰溪镇第二门诊部。他技术精湛，从不嫌弃病人，因此玉山籍在外的亲戚朋友，甚至外省的人都慕名前来求医。他随叫随到，常常顾不上吃饭喝水，结果1999年到2001年的三年内，他两次胃部大出血，身体透支严重。听到这儿我真为他担忧，忍不住说："您不要命了！"他坚定地回答："病人信任我、依赖我，远道而来，我能忍心让他们失望吗？"是呀！顾医师是慈善之人，他一定于心不忍的。他说："有时候累得连话都讲不出来，但为了患者的康复与幸福，值了。"

后来第二门诊因公私矛盾停办，顾医师便回家创办了佛手堂。

为了传承骨伤科事业，他夫人占道燕一直支持他，甚至辞掉了玉山县人民医院重症科护士的工作。他们有共同的语言，共同的事业，夫人又是位持家能手，堪称顾医师的贤内助。2006 年，他们携手共创佛手堂中医养生会所，2013 年创办易理养生学院，2017 年顾医师被聘请为玉山县总工会健康工程大队长。33 年间，每天都有几十号人前来求医，不知他总共医治了多少人，医馆里光锦旗就挂了八十多面。他自豪地说："每天见到病人露出笑脸，那就是我最幸福快乐的事。特别是听到复诊病人说今天好多了，腰能直了，腿不痛了，脚能下地了……我就无比欣慰。医生的责任就是治病救人。"

四、杏林妙手　国医回春

"幸福是什么？"我问顾医师。"我的幸福就是让病人不再痛苦！"他回答得太妙了。

2016 年 12 月 23 日，一位患者突发脑出血昏迷送医院急救，却留下中风后遗症，右侧肢体瘫痪，一直卧病在床。

患者及家人心急如焚，四处求医无果，最终打听到冰溪镇卫生院顾新建医师。家人抱着一线希望请顾新建医师到家中诊治。患者当时偏瘫在床，生活不能自理，口舌不清，右侧肢体冰凉，几乎没有反应，且由于长期卧床，背部、臀部已长有褥疮。经过顾医生一个月的治疗，患者的右侧身体逐渐有了知觉，慢慢地脚能下床移动，手也能缓缓抬起来。经过长达一年的治疗，患者现在已经可以行走，虽步态仍显蹒跚，但生活已基本自理。

每次看到顾医师在针灸和按摩时累得满头大汗，患者和家属都心怀感激。为了感谢顾新建医师，患者曾给顾医师发了1000元红包，但顾医师没收红包只回了一句"你的心意我领了，愿你身体健康！全家幸福！"患者过意不去，又写了一封感谢信发给顾医师。

我不由得也写下一副对联：

医德崇尚为扶伤救死
风范传承开杏林春芳

这几十年间，他治好了无数病患，病人常常是拄着拐杖来，迈着稳健的步伐、满心欢喜地离开。去年，一位手臂脱臼的男子，跑了许多医院都没办法治疗，最终慕名来找顾医生。顾医师仅用几分钟便成功复位，患者感激涕零。许多严重的腰椎间盘突出患者，经过顾医师的悉心治疗，病情得到好转。

顾医师迫切地希望找到传承自己医术的人。于是他开办了培训班，至今已有二十多位徒弟服务群众。他坚定地和我说："人民需要骨伤科，我一定要让医术传承下去！"名师出高徒，我明白了，顾医师的心愿是将医术毫无保留地传递给后人。

　　国医大师的崇高理想让我仿佛闻到杏林飘逸的清香。无论多苦、多累，顾医师总说病人的健康和微笑就是他最大的幸福与慰藉。

写作于 2018. 4. 18

手术台上度春秋

——访玉山县黄家驷医院（人民医院）泌尿外科主任张剑

春风细雨玉兰落

春风轻拂雨丝寒，倚栏凝望意阑珊。

玉兰瞬间飘零去，幸得雪樱似天仙。

枝头繁花随春去，玉兰凋零铺满地。

但见雪樱傲立中，清雅脱俗似神仙。

风拂花影摇曳舞，岁月流转情难舍。

玉兰虽去心犹在，雪樱绽放待春归。

三月的天气如同孩童的脸，说变就变。这个季节往往令人难以适应，也是疾病的高发期。

今天，细雨已经停歇，微风轻轻吹过。我前往玉山县的黄家驷医院（玉山县人民医院）探望一位好友，他也是一位骨伤科的名医——顾新建。

顾新建医生医术高超，针灸推拿、拔罐艾灸等技艺样样精通。他不仅是人民心中的好医生，更是江西省卫生健康委表彰的先进医师。

然而，顾新建医生最大的"缺点"是他对工作的忘我投入。他为患者治病不分昼夜，经常累得筋疲力尽。我们看在眼里，忧在心头，经常劝他多休息，但他总是笑着说："病人为重！"这句话深深地烙在我们的心中，让我们更加敬佩他。

经顾医生妙手回春，病人终于康复了，然而，顾医生自己却因肾结石需要做手术。起初，他的家属建议他前往南昌或上海的大医院治疗，但顾医生决定请自己的忘年交张剑医生为自己治疗。

张剑医生是玉山县黄家驷医院的泌尿科主任，医术高超，年轻有为。顾医生深知张剑的专业能力，因此对他充满了信心。

很快，我来到了玉山县黄家驷医院。医院里绿树成荫，环境幽雅。门诊部大楼前方，宽阔的广场上耸立着原中国著名的胸外科学和生物医学工程学的奠基人之一、中国科学院院士黄家驷的全身铜像。他是玉山人的骄傲，他的铜像也成了医院的标志性建筑。

我进入住院部，来进顾医生的病房。顾医生正在输液，他的精神状态看起来还不错。他的夫人和儿子陪伴在他身边，无微不至地照顾他。

顾医生激动地告诉我，这次能够顺利康复，全靠张剑主任高超的医术和敬业的精神。他特别提到张剑主任在治疗过程中谨小慎微、分毫不苟的态度。顾医生还鼓励我关注这些后起之秀，他们潜心钻研、无私奉献，是医学界的宝贵财富。

作为一名作家，我深知自己的使命是礼赞和人民，从生活中汲取灵感，创作出高于生活的作品。我希望通过我的笔，将这些闪光点记录下来，让更多人了解并尊重这个行业。虽然我对医学知识仅知皮毛，但我愿意通过文字，将这些先进事迹和楷模精神传播。

我和张剑主任、顾医生愉快地聊了起来。这是我与张剑主任初次见面，他虽已年过四十，但依旧英俊帅气，充满活力。他的眼神中流露出对医学的热忱，闪烁着睿智的光芒。我情不自禁地拍下了他白大褂上那圆形的院徽——"尚德精医"。

我们聊得非常投机，也沟起了我 1975 年在三清山下农村插队的经历，那时我险些进入南昌中医学院深造。我对中医中草药有着浓厚的兴趣，曾与先生一同研习《黄帝内经》。

张剑主任虽然工作繁忙，电话铃声不绝于耳，但他总是以"病人至上，生命至上"为原则，及时处理好每一位病患的问题。面对患者纠纷，他始终保持冷静和耐心，无怨无悔地履行着医生的职责。这种精神让在场的每个人都深受触动，感慨万千。

在与张剑主任的短暂交谈中，我得知他从事泌尿外科专业二十年了，期间荣获了医疗界个人奖项与集体奖项数十项。他擅长诊治泌尿外科的疑难病症，精通泌尿系结石的微创治疗、体外冲击波碎石、前列腺增生的微创手术，以及泌尿系肿瘤的治疗。

在过去的 26 年里，张剑医生始终坚守医者使命，不分昼夜地抢救病人。他经常在手术室里连续工作一整天，连喝水的时间都没有。有一次，他连续做了 12 个小时的手术，结束后因小腿毛细血管破裂，双脚肿得连鞋子都穿不上。然而，他始终牢记医者的服务宗旨："救死扶伤,全心全意为人民服务"。

　　张剑主任的医德令人敬佩,广大患者及家属对其赞誉有加。他的荣誉证书堆积如山,其中包括2018年"庆祝首届中国医师节"时荣获"妙手仁医"称号,2019年被评为"先进工作者",2021年他所在的泌尿科被评为"2021年度综合考评先进科室(临床大外科组)第一名"。他为人谦虚低调,从不炫耀自己的成就。

　　为了解顾医生的病情,我特意通过微信联系了张主任。张主任因工作繁忙,直到傍晚六点才回复我。读完张主任的回复,我深感宽慰,为顾医生病情的好转而高兴,同时也为张主任及其团队认真负责的态度所感动。难怪顾医生含泪告诉我:"今天是我的生日,我感到非常幸福。能在生日前摘除病根,是长寿的起点,今后我就能更好地为患者服务。谢谢你,大姐!"

　　后来,在深入的交流中,我感受到了张主任的真实思想和崇高的人格境界,他这样写道:

　　"在手术室那盏无影灯下,时间仿佛变得模糊,白天与黑夜的界限难以分辨;然而,这里的时间又格外清晰,每一秒都关乎着生与死的抉择。病人的忐忑、亲人的忧虑、医生的忙碌,在这里交织成一幅幅生动的画面。当病人家属将生命托付于我们,那份信任重如泰山。我最期待的是,当手术结束,走出手术室时,我能够面对家属们那充满期待的眼神,告诉他们一切顺利!而当家属们回馈我轻松的笑容时,那份满足感便充满了我的心房。"

　　"我交际较少,一年中的饭局屈指可数。自从踏上医学之路,我从未休过公休假,将全部心血都奉献给了我的职业。但这样的付出让我收获了内心的充实。"

张主任总是以医院为家，将病人视为亲人。许多病人及家属也向张主任表达了深深的感激之情，并赠送了感谢信和锦旗。以下是写给张主任的两封感谢信：

张主任：

　　我是郑国龙的儿子。在此，我衷心感谢您对我父亲的救命之恩。这份大恩大德，我永生难忘。为了表达我的感激之情，我特地制作了一面锦旗，并选购了一些水果，放在您的办公室。原本我希望能亲自向您表达我的谢意，但遗憾的是您今天不在。由于我明天要回上海，只能先通过这封信向您表达我的感激之情，并期待未来有机会亲自向您致谢。

　　再次感谢您对我父亲的悉心救治和无微不至的关怀。

郑国龙儿子
2016 年 12 月 21 日

张医生：

　　您好！我已顺利出院并返回家中，衷心感谢您的精湛医术，使我能重新返回人生正轨，继续前行。待家乡的茶油丰收之时，我将特意准备一些，以表达我对您诚挚的谢意。请您务必收下这份微薄的心意。再次感谢您的悉心治疗与关怀！

曾小镇
2022 年 12 月 7 日上午

　　这些与泥土为伴，以粗茶淡饭度日的百姓，用他们最淳朴、最真挚的语言，表达了对张医生无尽的感激之情，令人动容。

　　在医院一楼的长廊下，我凝视着那块悬挂的标语牌，上书"敬佑生命，救死扶伤，甘于奉献，大爱无疆"，心中涌起敬佩与感动。每个人的生命都是脆弱而有限的，在天灾人祸面前，我们往往显得渺小而无力。正因如此，我们更应当敬畏生命，珍惜生命。同时，我们要向那些无私奉献于医务事业的白衣天使们致以崇高的敬意。在祖国和人民最需要的时候，他们挺身而出。他们展现出了顽强拼搏的精神和无私奉献的品格，成为了我们心中的榜样。

　　让我们向这些勇毅前行在医务界的白衣战士们学习，向他们致以崇高的敬意！他们是我们学习的榜样，是我们永远的楷模！

写作于 2023.3.28

文心雨疏

——走进杨雨文画展

　　壬寅年的霜降时节，江南已不在温暖，悄然迎来了寒冷的冬季，但河边的丹桂林依旧默默散发着馥郁的香气。

　　走进玉山县博士路，一座庄严仿古的徽派建筑映入眼帘，那便是玉山博物馆。大门上方悬挂着醒目的红色匾额"文心雨疏——杨雨文画展"，引人注目。踏入博物馆展览大厅，翰墨清香扑面而来。首先映入眼帘的是一幅幅描绘三清山风光的画作，风起云涌、飞瀑流泉、古树蓊郁，令人陶醉。

　　展厅内人头攒动，高朋满座，杨雨文先生成了众人瞩目的焦点，他的作品可观、可写、可赞。

　　杨雨文先生成长于玉山博士县这片沃土，在其父的悉心培养下，他逐渐展现出卓越的艺术天赋。同时，南京金陵画派的艺术风格也对他产生了深远的影响，促使他在艺术道路上不断前行，成就斐然。

　　杨雨文先生心系故土，其笔下无论是西洋画派的素描人物，还是国画山水的挥毫泼墨，都深藏着对家乡山水与风土人情的深深眷恋。

他天生聪慧，自幼勤奋刻苦，练字、写诗、作画从不懈怠。十年间，他沉浸于诗歌的海洋，不断锤炼自己的文学造诣。他从放映员的岗位起步，凭借自己的才华和努力赢得了领导的赏识，从而踏上事业的辉煌之路。

他深知机遇的可贵，凭借对绘画的热爱，他始终坚持在业余时间挥毫泼墨，手不离笔，废寝忘食。这份毅力使他在绘画领域取得了丰硕的成果。他在绘画上不断探索和尝试，以寻求艺术的突破。正如那句诗所言："咬定青山不放松，立根原在破岩中。千磨万击还坚劲，任尔东西南北风。"

这次画展中，他精选了 80 幅作品，以山水为主，辅以人物、花鸟及速写素描。这些画作不仅展现了冰溪河的美丽风光，更饱含着他对家乡的深厚情感。

他的作品紧贴时代脉搏，尽显潇洒与大气，风云变幻被他巧妙地融入画中，展现出磅礴的气势。他那一幅幅笔飞墨舞、气韵生动的画作，每一次展出，都能吸引众人的目光，令人赞叹不已。

杨雨文先生是位才华横溢的艺术家，但他始终保持谦虚谨慎、与人为善的品格。他做人低调，从不炫耀自己的名望，只以作品说话。

当我们探讨"文心雨疏"这一话题时，深感其含义深远，令人心悦诚服。"文心"可理解为写作时的用心，也可代表文章或文思的精髓，还借指南朝刘勰的文学理论著作《文心雕龙》。而"雨疏（疏雨）"则源自两首经典的古诗：北宋贺铸的"疏雨池塘见，微风襟袖知"以及清代佟世南的"杏花疏雨洒香堤，高楼帘幕垂"。这两句诗中的"疏雨"都描绘了一种清新的意境。

　　将这两者结合，"文心雨疏"不仅展示了杨雨文先生在文学艺术上的匠心独运与深厚造诣，而且体现了他独特的文史视角。这样的境界令人肃然起敬，深感其文化底蕴之深厚。

　　"登山则情满于山，观海则意溢于海"，这一名言出自南朝刘勰的《文心雕龙·神思》。大自然的雄奇险秀、鬼斧神工，无疑为每一位艺术家注入了源源不断的创作灵感，塑造了他们文如其人、画如其人的独特风骨。

　　在此，我衷心祝贺杨雨文先生的画展圆满开幕，并祝愿他在新的征程上继续扬帆起航，笃行不怠，在中华画坛上绽放更加亮丽的人生，取得更加辉煌的成就。

玉山好人

——记退役军人柯平亮见义勇为

柯平亮，男，1972年3月6日出生于玉山县太平镇上洋畈。1990年，他毅然投身军营，1993年加入中国共产党。在军旅生涯中，他表现出色，两次荣膺"优秀士兵"称号，四次受到部队嘉奖。

2020年10月，柯平亮被玉山县文明办授予"玉山好人"荣誉称号，随后又被上饶市委宣传部（文明办）评为"上饶好人"。2021年7月30日，他被江西省文明办评为"江西好人"。同年，他被玉山县委宣传部、人民武装部、退役军人事务局联合授予"最美退役军人"。

柯平亮的见义勇为事迹在"玉山之窗"微信公众号、玉山电视台、上饶电视台、上饶日报以及"学习强国"平台广泛传播，受到社会各界的高度赞誉。

他满怀热血，总在危难时刻挺身而出；他一身正气，总能在绝境中化险为夷。13岁时，他毫不犹豫地跳入河中救人；18岁时，他为救战友奋不顾身地扑向爆炸物，即使身受重伤也毫不退缩。

　　历经 38 年的风雨洗礼，柯平亮始终坚守信念，在危急之时展现英勇与智慧。他始终铭记自己是一名党员、一名军人，即使退役，军人本色也绝不褪色。他用生命照亮了人生的正义之路，成为我们学习的榜样。

一、少年救人

　　1972 年 3 月 6 日，春雷阵阵，玉山县这座古城的老村落里，柯家迎来了一个新生命——一个健康可爱的男孩呱呱坠地。几声清脆的啼哭后，他安静了下来，给整个家庭带来了无尽的欢乐。

　　老柯，一个在部队里锤炼过的男子，此刻心中涌动着喜悦与激情。他想这孩子的名字应该充满正气，充满光明与希望，于是取名"平亮"。

　　在家中，他被亲切地唤作"亮仔"。这个名字，如同他的人生一样，始终闪烁着明亮而正义的光芒。柯平亮或许从未想过，这个名字会如此深入人心，成为他一生中最美的标签。

　　亮仔的父亲是一位备受尊崇的老革命战士，亮仔在父亲的影响下，逐渐成长为一个听话懂事、吃苦耐劳的孩子。他帮家人放牛、砍柴，做各种杂事，从不抱怨。每当有空闲时间，他便会缠着父亲讲述那些惊心动魄的战争故事。那些顽强勇毅、无私无畏的革命精神深深地扎根在他幼小的心灵中。这些故事不仅激发了他对革命先烈的崇敬之情，也培养了他坚韧不拔、乐于助人的品格。

　　1984 年夏天，年仅 12 岁的亮仔在放牛时目睹了惊险的一幕。他看到一个大人失足落水，在水中拼命挣扎，情况十分危急。亮仔没有丝毫犹豫，扔下牛绳，迅速跳入水中救人。这一跃，展现了少年英雄般的勇气和决心。

落水者慌乱中抓住了亮仔的头发，差点将他拖至水下，但亮仔凭借着平时听人讲述的救人经验，在危急关头保持冷静。他迅速潜入水底，竭尽全力抓住溺水者的脚底，然后用力往上托举。经过一番努力，他终于帮助溺水者浮出了水面。

就在此时，水坝边一个大人奔了过来，将毛巾甩向亮仔，协助他将溺水者救上了岸。然而，亮仔却因为体力透支，瘫倒在岸边，浑身无力。亮仔的英勇行为赢得了周围人的敬佩和赞誉。

我们简直不敢相信，亮仔在这么小的年纪就展现出了见义勇为的勇气，竟然敢去救一个成年人。他难道不害怕吗？仔细想，这与他拥有强壮的体魄、出色的水性以及聪明机敏的头脑密不可分，更重要的是他深受红色文化的熏陶。"见死不救能行吗？""少年强则国强。"这两句话他从小就铭记在心。亮仔的行为让我们看到了新一代少年的勇敢与担当，他们继承了先辈的优良传统，为社会树立了榜样。

二、迎难而上　勇往直前

柯平亮高二时学业成绩优异，然而家中突遭变故，生活困难。面对家庭困境，亮仔主动向父亲提出退学，以减轻家庭经济负担。然而，老柯坚决反对，他表示即使砸锅卖铁，也要供亮仔完成学业，考上大学。尽管父亲极力劝阻，亮仔仍决定前往浙江打工，为家庭分担压力。

在浙江的工地上，亮仔从早到晚辛勤工作，背水泥、搅拌砂石，肩上和手上磨出层层血泡。为了御寒，他只能用单薄的水泥袋裹身，鞋破了也依然穿着，露出的脚指头在风中颤抖。他吃住都在工地，生活极其艰苦。但每当想起父亲打仗时不畏牺牲、勇敢拼搏的精神，亮仔就咬牙坚持下来。在工地的几年让他深刻体会到幸福生活来之不易，更加坚定了发扬老红军艰苦朴素、勤俭节约优良传统的决心。

不久之后，亮仔终于实现梦想，参军入伍，继承了父亲保家卫国的夙愿。

他于1990年入伍，1993年光荣加入中国共产党。在部队，他在潜移默化中受到熏陶感染，展现出极强自律性和高度的敬业精神。他勤奋学习，刻苦训练，多次因表现出色受到领导表扬和嘉奖，并多次被评为优秀士兵。

在一次突发事件中，他毫不犹豫地冲上前去，保护了战友，自己却受了重伤。在随后的治疗过程中，他以钢铁般的毅力与病魔进行长期斗争。病痛带来的痛苦曾让他有过放弃的念头，但每当此时，他就会想起父辈们在战场上流血奋战的事迹。这种不怕牺牲的精神激励着他克服肉体上的每一次疼痛，经受住了一次次生命的洗礼。

2000年，他光荣地从部队转业，被安排在玉山县水利局，担任干部。退伍后的他并未褪去军人本色，依然乐于助人，在他人遭遇困难时，他总是敢于挺身而出，奋不顾身地冲上前去。他一直用实际行动向我们传递着正能量……

三、军人本色　严于律己

柯平亮不惜牺牲个人利益，将自己最美好的十年青春毫无保留地奉献给部队，他无怨无悔。重伤痊愈后，2000 年，年仅 28 岁的他从部队转业到家乡玉山县水利局工作。

作为一名党员，柯平亮始终严格要求自己，无论身处何地，他都以党员身份严格要求自己。他时刻铭记军队的光荣传统，并将其带到地方，融入日常。他不仅这样想，也始终这样做。

2004 年的一天，柯平亮下班后骑着摩托车回家，途经玉山将军庙时，遇见一对夫妇，他们怀里抱着一个昏迷不醒的孩子。孩子的脑袋无力地耷拉着，双手无力地垂下。见到这一幕，柯平亮立刻意识到情况紧急，他迅速上前，让这对夫妇坐上他的摩托车，然后以最快速度将他们送往医院。经过医生全力抢救，孩子终于脱离危险。

后来，这对夫妇找到柯平亮，想要表达感激之情，却被他婉言谢绝。因为他认为，作为一名党员，帮助别人是理所当然事情，不需要任何回报。

"只要人人都献出一点爱，世界将变成美好的人间……"柯平亮平时非常喜欢唱歌，这首歌的旋律始终萦绕在他耳畔，激励他不断奉献爱心，为社会贡献力量。

2010 年的一天，柯平亮途经玉山十七都大桥附近的田畈村，在十字路口，他目睹了一场惊险的交通事故。一辆拉煤的小货车为了避让一辆大货车，急打方向，将旁边骑着摩托车的夫妻俩压在小货车下面。小孩被甩到路边，满脸是血，坐在路边哭喊，寻找着父母。

柯平亮看到现场后，立刻意识到情况危急。他凭借军人的镇静和勇气，迅速采取行动。他跑到国道边汽车修理铺，借来两副千斤顶，然后沉着稳定地展开救援。他还召集路人及时拨打 120 并协助救援。

当救护车赶到并将伤员送往医院后，柯平亮才默默地离开现场。他认为，既然是自愿救人，就没有必要炫耀自己的功劳，更没有必要亮出身份。他的善举和低调的行事风格让人深感敬佩。

无论何时何地，柯平亮只要碰到需要帮助人，他都会毫不犹豫地伸出援手。多年来，他自己也记不清究竟帮助过多少人。这究竟是一种怎样的精神力量在支撑着他前行呢？

有时，他爱人担心他太过无私会吃亏，曾对此表示过反对，然而，柯平亮依然义无反顾地帮助他人。他如闪电般弛援所需之处，见义勇为显军人本色。他这种精神，让人深感敬佩和感动。

有一日，天气异常炎热，柯平亮与家人一同前往玉山工干群水库游泳。那里人声鼎沸，热闹非凡，只见一群小伙子纷纷跃入水中，打算游向水中央的小岛。就在这时，柯平亮注意到其中一个小伙子游到半途时身体逐渐下沉，双手在水中胡乱扑腾。他判断这位小伙子可能溺水，或是脚抽筋。见状，柯平亮迅速抓起一个救生圈，以最快的速度游向溺水者。他一个手紧紧握住溺水者的手，另一个手迅速将救生圈递给他，待小伙子抓住救生圈后，柯平亮才松了口气。他一边安慰小伙子，一边推着他向小岛游去，并叮嘱他："如果游泳水平不好，请不要轻易游到深水区，那里很危险。生命是多么宝贵啊！"

随后，柯平亮没有多说什么，便默默地离开了现场。

在亮仔身负家庭重担，上有年迈父母，下有年幼子女，需要他承担七位家人生活费用时，他仍义无反顾地帮助那些需要帮助的人。"我是一名党员"这一坚定信念，如同一座灯塔，一直指引着他不懈前行，砥砺奋进！

四、不辱使命　敢于担当

2017 年 6 月的一天，岩瑞镇新康村的欧阳亮同学，在返回学校途中不幸被一辆疾驰的大货车撞伤，脑部受到严重损伤。肇事司机扔下几千元后便匆忙逃离，而躺在病床上的欧阳亮急需资金挽救生命。

在这个紧急关头，亮仔挺身而出。他通过微信群发起爱心捐款活动，为欧阳亮筹集到 12860 元善款。当亮仔将这份沉甸甸的爱心款交到欧阳亮父亲手中时，这位父亲抱着他，激动地流下了眼泪。那一刻，亮仔也深感欣慰，助人为乐成为他生命中最美好的事情之一。

这个故事让我们深刻体会到，只要我们齐心协力、携手前行，就一定能够战胜困难。同时，我们也应该学会感恩身边人的关爱和帮助，用我们的行动去传递温暖和力量。

2017 年 12 月一个寻常日子，亮仔注意到同事陈冠模独自坐在办公室的角落里偷偷抹泪。他立刻走上前去，关心地询问情况。原来，陈冠模 16 岁的女儿正在上海接受治疗，由于医药费高昂，他们已经借遍亲朋好友，如今连前往上海的路费都筹集不到，这令陈冠模倍感无助和伤心。

亮仔听后，毫不犹豫地组织所有同事为陈冠模女儿筹集救命款。在大家的共同努力下，最终筹集到 28700 元爱心款。

当他把这份沉甸甸的爱心善款交到陈冠模手中时，看到对方泪流满面、万分感激的样子，他感到所有付出和辛苦都值得。这份善良，不仅帮助陈冠模一家渡过难关，而且让我们深刻体会到人间真情和团结的力量。

玉山县水利局扶贫定点单位是紫湖镇大举村，亮仔曾在那里担任扶贫专干。大举村地处偏远山区，交通不便，几乎村民生活困难。为改善这种情况，亮仔积极行动，号召爱心人士扶贫帮困。

2019 年，在爱心人士帮助下，他们筹集到足够的资金，购买了一卡车床上用品和其他扶贫物资。当将这些物资送到贫困户手中时，村民脸上洋溢着喜悦和感激之情，在场的每一个人都深感欣慰。

无论面对何种困难和危险，亮仔总是毫不犹豫地挺身而出。虽然已经退伍，但他那份保家卫国的使命感和担当精神始终铭如一。亮仔用行动诠释着一名退伍军人的责任和情怀，为大举村扶贫工作贡献着自己的力量。

五、路遇险难　机智勇敢

2020 年 10 月 6 日下午 5 时，上饶恒剑公司 4 名员工乘坐的面包车在玉山县岩瑞镇田畈新 320 国道与老国道交叉路口发生严重交通事故。面包车与一辆渣土大卡车发生剧烈碰撞，卡车连同渣土瞬间压在面包车上，导致面包车严重变形，油箱破裂。4名伤者被困在变形的面包车内，昏迷不醒。柯平亮刚好路过此地，面对紧急情况，他迅速从自己车里取出一根钢钎试图撬开车门，救出伤者。然而，由于车厢变形严重，抢救过程异常艰难。

柯平亮拼尽全力，终于撬开车门，将伤者一个一个从车内背出，并小心翼翼地将他们安顿在安全地方。他焦急地等待着救护车到来，同时不忘提醒围观群众注意安全，不要抽烟，因为现场已经出现漏油现象，如果不及时采取措施，后果不堪设想。

救护车很快到达现场，柯平亮在确认伤者得到妥善救治后，疲惫不堪、满身是血地回到家中。经过两个多月的精心治疗，4位伤者最终全部康复出院。

住院期间，4位伤者一直在寻找救命恩人。经过多方打听，终于得知救命恩人是转业军人柯平亮。于是他们怀着感激之情，来到县水利局，找到柯平亮，将那面鲜艳的大红锦旗递到柯平亮手中。五双手紧紧相握，此刻无声胜有声，感激的泪水在4位康复者的眼眶中打转。

然而，鲜为人知的是，柯平亮这种在特大灾难面前义无反顾、舍命救人、奉献仁爱、不图名利的行为，已经持续了30多年。我们深知，做一件好事或许并不难，但要做到一辈子都做好事，却是非常不易的。柯平亮用行动诠释了什么是真正的英雄，什么是真正的好人。

柯平亮斩钉截铁地表示："无论在工作还是生活中，我都牢记自己是一名共产党员，始终以党员的标准严格要求自己。无论身在何处，我都铭记自己曾是一名军人，面对任何困难和危险，我都会毫不犹豫地挺身而出。尽管我已经退伍，但我决不会失去军人的本色和初心。"

柯平亮加入了玉山县"城市让友爱出发"的志愿者爱心团队，这个团队专注于关爱留守儿童。

十几年来，柯平亮已经帮助了近三千位需要帮助的人，包括迷路的、生活困难的、生病的，以及被遗弃的老人和儿童。他似乎完全忘记了自己微薄的收入和家庭的重担，这种无私奉献的精神和崇高的品德，实在令人敬佩。

第四辑

时运多彩感悟人生

独持清气落笔端

——拜读叶辛新作《岁月未蹉跎》感悟

　　武安山的风光犹如一幅绚丽多彩的画卷，冰溪河清澈透明的河水恰似一条飘逸的白练。2023年国庆佳节，窗外兰香暗涌与清风明月共谱秋夜静谧曲，为这秋日增添了几分惬意。我静坐于画室之中，悠然自得地看着电视，沉浸在这份美好之中。

　　然而，手机的提示音突然打破了这份宁静。我轻轻点开消息，惊喜地发现，信息竟是我一直敬仰的著名作家叶辛老师发来的。他告知我，他的新作《岁月未蹉跎》已经在上海《新民晚报》上发表。这个消息让我激动不已，我立即放下手中的事情，细细品读起这篇新作。

　　当我读到叶老师那朴实无华的文章时，眼前一亮，心境也随之豁然开朗。随着阅读的深入，我的思绪仿佛插上了翅膀，变得轻盈而飘逸，思绪如浪花般在脑海中激荡。叶老师的文字如同一位时空引路人，带我穿越历史长河，重温那段刻骨铭心的知青岁月，让往昔的炽热情怀与青春理想再次在心头激荡。

　　叶老师在开篇就写道："2019年，正值中华人民共和国成立70周年，我的长篇小说《蹉跎岁月》有幸入选'新中国

70 年 70 部长篇小说典藏'。同时，我也受邀参加了国庆典礼上的文艺界彩车游行，彩车驶过天安门，接受了党和国家领导人的检阅。"读后，我满心敬仰。我由衷地为叶老师取得的成就表示祝贺。

"风霜何事偏伤物，天地无情亦爱人。"在我人生最落魄、工作最困难的时期，我曾满怀热血地守在小电视机前，全神贯注地观看了由叶辛老师同名小说改编的电视剧《蹉跎岁月》和《孽债》。这两部电视剧细腻地再现了叶老师在贵州山区插队时的生活，生动描绘了知青不畏艰辛、勤奋劳作与学习的场景。那时，我也正值青春年华，在遥远的北大荒兵团奋斗。

这两部电视剧深深触动了我，让我仿佛看到了自己的影子，感受到了那份坚韧不拔的精神和执着追求梦想的决心，给予了我巨大的精神力量，也激励着我坚定前行。

日月如梭，知青岁月已经过去了 55 年，但我依然喜爱叶老师创作的优秀作品。我回味着叶老师笔下描绘的贵州山寨，层层叠叠的梯田、坚固的水坝，还有各民族绚丽多彩的风俗习惯，以及那些老知青曾经居住过的茅草屋和那一些熟悉的农具……这些记忆，历久弥新。

今日拜读了叶老师的新作《岁月未蹉跎》，我的思绪跟随着叶老师的文字，来到了当年他下乡的贵州修文县砂锅寨。叶老师在文中写道："车子停在了门前坝子上，那是当年我们六个男女知青的自留地。放眼望去，眼前的砂锅寨已经变得陌生，我几乎无法认出它了。"

"共问寒江千里外，征客关山路几重。"如今，贵州农村与全国各地的乡村一样，都经历了翻天覆地的变化。一座座新式楼房如雨后春笋般拔地而起。因此，当叶老师与他的夫人王淑君故地重游时，他们发现自己曾经住过的茅草屋已不复存在。当地人乐呵呵地告诉他们，原来的"蹉跎岁月"已成过往，现在应该立起"岁月未蹉跎"的新碑。叶老师听后只是一笑置之，然而没想到真的成为现实。当我听到这个消息时，内心充满了期待，想象着那片土地上的新气象，感到无比振奋。更为叶老师在 40 年后又创作出新篇《岁月未蹉跎》而喝彩。

　　叶老师几十年如一日，以笔为伴，与贵州这片热土结下了不解之缘，他的形象和故事也深深烙在乡亲们的心中。乡亲们非常珍视与叶老师之间的情谊，决定以实际行动回馈这位大作家。为了再创贵州记忆的文化品牌，他们计划将《岁月未蹉跎》改编成纪录片和电视剧，这真是一件值得庆贺的事！

　　叶老师夫妇再次踏上贵州这片熟悉的土地，开始回忆青春，重温当年的场景。他们怀着急切的心情寻找曾经住过的小木屋。看到他们曾经居住过的那间小木房被保存至今，他们感到很欣慰。

　　叶老师用他的笔继续描绘着贵州的山山水水。他是贵州的瑰宝，所有心怀良知的人士，都将永远铭记他的贡献。

　　半个世纪虽不算漫长，但一代知青却与国家命运相连。就像《岁月蹉跎》与《岁月未蹉跎》所展现的那样，他们的奋斗精神并未随时间的流逝而消散。他们在人间留下的，是一种忘我的奋斗精神。

　　国庆假期即将结束，树上的知了也已沉寂，秋雨带来了阵阵寒意。"飞霞半缕，收尽一天云"，此刻，我放下一切琐事，在画室的书案上静心研读叶辛老师特地传来的这篇经典之作。

我深感幸运，这篇文章让我的思想经历了一次深刻的洗礼，我深切体会到了"开卷有益"的道理。我将以叶辛老师为榜样，默默耕耘，坚持不懈，砥砺前行，努力创作出更好的作品。

写于 2023 年 10 月 6 日

见证"平凡"

今年初春，突如其来的寒意将我们全家紧紧锁在了屋内，我意外地被56集电视剧《平凡的世界》深深吸引。这部剧生动展现了华夏劳动人民在平凡中展现出的与命运抗争、不畏艰难困苦、坚韧不拔的奋进精神。

那激昂的音乐打破了持续数周的宁静，仿佛掀起了我心中的波澜。旋律中蕴含的凄美与悲壮，深深触动着人们的心灵。此时，一位老羊倌放声高歌，他的声音中充满了浓郁的黄土风情，在空气中回荡，悠扬而深远。

他唱道："山挡不住云彩，树挡不住风，神仙挡不住人想人……"

那原始而豪放的陕北民歌让我心动不已，那如泣如诉的旋律瞬间将我的思绪拉远，每一个音调都深深地震撼着我的心灵。此刻我仿佛置身黄土高坡，倾听着那歌声，感受着历史的风云变幻。泪水在眼眶中打转，最终滑落……

《平凡的世界》不仅帮助我调整了心态，更让我深刻体会到了黄土高原的农民如何在贫困环境中坚韧地生存。剧中细腻地描绘了他们面临的读书难、种田难、恋爱难、婚姻难、打工难等诸多挑战，但他们始终保持着奋斗的精神，这种坚韧不拔的品质令人敬佩。

尤其是孙少平这个角色，一个热爱学习却因家境贫寒而无法继续深造的青年。他毅然决然地离开乡村，踏入城市，开始谋生。他经历了无数困难和挑战，但从未放弃，为梦想和生活不断努力。

剧中的旁白也格外感人，饱含作者的深刻感悟，展现了朴实的思想与高尚的人格。那句"山穷天不穷，人穷道不穷"发人深思。那首粗犷的山歌《神仙挡不住人想人》，则唱出了人们对美好生活的向往。虽然我们希望有神仙能改变他们的命运，但实际上，能真正改变他们命运的，是他们自己的不懈努力和坚韧精神。

值得一提的是，孙少平第一天进城无处投宿时，只能硬着头皮去投奔有过一面之缘的贾老师。在他离开时，贾老师送给他一本名著《牛虻》。对于热爱读书的孙少平来说，这无疑是一份无比珍贵的礼物，这本书给了他精神上的支持与鼓舞。

我十六岁那年，身有残疾的邻居阿亭哥借给我一本《牛虻》，并鼓励我说："小妹妹，时间宝贵，莫虚度。这书值得一读，读完后可以再来借。它能提升你的思想，开阔你的视野。"他的话让我深受感动。尽管当时我对书中的许多情节和内涵理解得并不透彻，但《牛虻》还是给我留下了深刻印象，引发了我对人性的思考。

孙少平，这位黄土高原农民家庭的儿子，终于争取了幸运地获得一份煤矿工作的机会。尽管矿场环境恶劣，但对他来说，已是一份非常好的工作。在矿井深处，他以勤劳和坚韧承受了种种艰苦环境的考验。

　　然而，矿井的险情始终如影随形。在一次挖煤作业中，井柱骤然坍塌，他的师傅为掩护工友撤离，不幸罹难。孙少平在救援中受伤，脸上留下了一道醒目的伤疤，而那时，他尚未成家立业。

　　更令人心碎的是，孙少平的恋人田晓霞，一个年轻的省报记者，在抗洪救灾中为了救一个落水的小女孩，被汹涌的洪水无情卷走。她年轻而宝贵的生命，在托起那个小女孩的瞬间，永远地消逝了。这一幕深深地震撼了我，让我思考生命的意义与价值。

　　《平凡的世界》在我心中留下了深深的烙印。我满怀敬意感恩路遥，他以文字为刃，剖开黄土高原代代创业的血泪图景。

　　孙少平这个角色让人印象深刻，他始终热爱读书，勇于尝试创作。虽然他一直想写一部关于矿区的长篇小说，却常常无从下笔。他渴望妙笔生花一鸣惊人，又因畏首畏尾难以下笔，稿纸在揉碎与重写间堆积成山，这恰似所有逐梦者的困境。孙少平最终定能完成精神蜕变——这既是剧中角色的成长弧光，更是作者路遥的生命投影。文如其人，质朴的文字里同样能孕育伟大的作家。

　　风萧萧，寒意逼人，在风雪交加的隆冬，双水村的农民们每天都会凝望雾霭缭绕的远山，那里透射出改革的曙光。他们在飘雪中盼见蜡梅破寒，那是春天的信使。无需等到今夜过去，希望的火种已在胸中点燃。

　　终于，改革开放的春风吹到了黄土高原，农村开始实行生产责任制，粮食获得了丰收，砖窑厂也顺利办了起来，农民们的生活水平逐渐提高。他们建起了新房，娶了媳妇，享受着儿孙绕膝的天伦之乐。锅里的黑馍馍变成了白馍馍，一家人围坐在炕上，其乐融融，幸福感满满。

最后，在除夕之夜，双水村的农民们在鞭炮声中，迎来了脱贫致富的春天。虽然田书记失去了他的女儿田晓霞，但他强忍悲痛，回到老家过年。他站在山沟边，远远地望着村民们欢庆的热闹场景，心中感慨万千。他陷入了沉思，喃喃自语道："这片黄土地，终于苏醒了。这欢乐，是多少痛苦换来的啊！"

突然，那山歌再次响起："神仙挡不住，挡不住人想人……""羊肚子手巾三道道蓝，咱们见面容易，拉话难。一个在那山上，一个在那沟，咱们拉不上那话话招一招手，了不见那村村，了不见那人，我泪蛋蛋抛在沙蒿蒿林。"电视剧在这首深情的民歌中落下帷幕，却在我心中激起了千层浪花，让我感慨万千。

我意识到文化艺术唯有脚踏实地，方能为新时代放歌、为人民抒怀——唯有扎根生活现场的创作，才能穿越时代浪潮直抵人心，唯有以血肉书写真实的笔触，才能化为滋养精神根系的经典。

2020 年 2 月 22 日作于江西三清山书画院

温煦岁月暖童心

　　为何中央台播放的电视连续剧《国家孩子》能够如此深深地吸引我，甚至让我忘却了厨房中待煮的饭菜？这是因为其背后所承载的，是一段以血肉书写的真实历史。

　　在20世纪60年代，因自然灾害的缘故，上海的一家福利院中的孤儿们，面临着严峻的生存危机。

　　然而，命运并没有放弃这些无辜的孩子。在这艰难的时刻，遥远大草原上的那些淳朴善良的内蒙古牧民，向他们伸出了援手。这些孩子被送到了辽阔的草原上，被牧民当作亲生儿女抚养长大。

　　这部剧展现了有福同享、有难同担当的民族团结精神。草原父母们以人性为重，展现了侠肝义胆的胸襟，他们的行为令人动容，也让我对这段历史有了更为深的理解。这部剧不仅吸引了我的目光，更触动了我的心灵。

　　这些孩子远离了熟悉的上海，来到了广袤而陌生的大草原。初来乍到，有些孩子难以适应新环境，表现出不听话、打架斗殴、哭闹调皮的一面。有一次，三个孩子因为思念家乡而离家出走，误入野外山林，在零下17摄氏度的严寒中过了一夜，险些丧命。牧民们历尽艰辛，才找到他们，将他们带回温暖的家中。

　　这些孩子毕竟只有十岁左右，他们渴望亲情的温暖，时常聚在一起，回忆着上海的黄浦江、江上的摆渡船以及那个城市的烟火气息。每当夜幕降临，在牧马高手哈图大叔的蒙古包里，这个最顽皮的大男孩"朝鲁"，会拿出一张红色透明的玻璃糖纸，对着烛光反复照看，回想自己在上海福利院时每天都能吃到的水果糖，心中充满了渴望。然而，现实的无奈让他只能将糖纸放回枕头下。

　　环境塑造人，也练就英雄虎胆。这些孩子们每天目睹的是辽阔无垠的大草原，清澈的长河，以及湛蓝的天空下大朵大朵悠然飘浮的白云。云下，骏马和牛羊悠闲地吃草，牧民们欢快地歌唱，歌声与大草原的壮阔融为一体。

　　在这片草原上，孩子们茁壮成长，不仅勤奋学习，还练就了精湛的骑术。他们策马扬鞭，纵情山水间。马头琴声响起，他们仰望着南归的大雁，不禁想起父母，遥远的上海，以及那些美味的大白兔牛奶糖和鲜美的虾米。

　　他们深深地爱上了这片广阔的大草原。他们在这里成家、生子，最终将根深深地扎在了这片土地上。

　　他们中有的成了大学老师，有的成了医生，还有的选择留在基层，为草原社区服务。之后，他们自发组成"寻亲团"踏上了归沪之旅。在这次旅程中，部分人幸运地找到了失散多年的亲人，还重访了昔日的福利院，重温了儿时的回忆。

　　他们看到上海翻天覆地的变化，既惊喜又怅惘。当他们再次站在黄浦江边，心中的激动之情无法言喻，情不自禁地唱起了《鸿雁》。

　　然而，尽管上海的繁华令他们眷恋，但他们已经习惯草原上的生活：烈马的嘶鸣声、蒙古包的温馨、草的清香、香甜的牛奶以及保暖的蒙古袍，这一切都让他们难以割舍。因此，他们选择回到深爱的大草原。

他们不仅继承了牧民淳朴的美德，更淬炼出了不畏艰难的拼搏勇气。他们为辽阔的大草原注入了蓬勃生机。

这部影片仿佛将我带入了广袤的内蒙古大草原，让我领略额尔古纳河的旖旎风光。牧民们通过勤劳的双手创造的幸福生活令我动容，仿佛我也成了他们中的一员。我非常喜欢这部电视剧，它给我的生活注入了鲜活力量。

主题曲的歌词也深深触动了我："你是白云落脚的地方，不再孤单四处飘荡。你是河流缓缓地流淌，告诉我天尽头是天堂……天之苍，地之茫，天地苍茫有爹娘，走多远，回头望，那是故乡永生不能忘。"这深情的旋律，让人回味无穷。

2020 年 3 月 4 日作于冰溪畔画楼

放　歌

　　壬寅年的谷雨，气温忽冷忽热。我悠闲地倚着南窗，视线落在窗外绵绵的细雨上。微风轻轻吹过，带来一阵清凉。河边的垂柳在微风中轻轻摇曳，仿佛在碧波间翩翩起舞。远处，一群鹭鸶在河滩上嬉戏，欢快的鸣叫声此起彼伏，宛如大自然的乐章在我耳边奏响。这一刻，我仿佛感受到大自然正倾诉着它的故事。此情此景深深地触动了我，让我回想起那些与音乐为伴的岁月……

一、受母爱熏陶童年唱越剧

　　高尔基曾说："世界上的一切光荣与骄傲，都来自母亲。"对此，我深有感触。母亲热爱越剧，她经常牵着我的小手，带我前往北京东路苏州河桥边的小剧场，一同欣赏越剧。《梁祝》《血手印》《碧玉簪》《孔雀东南飞》《红楼梦》等经典剧目常常让母亲情难自禁，泪流满面。她会频频用挂在旗袍边的白手绢擦拭泪水。当时我才四岁，也会跟着母亲一起哭泣，就这样，我逐渐迷上了越剧。

　　母亲十分支持我唱戏，她会将我的头发盘成双髻，并插上绢花，然后用两条毛巾作为水袖，让我随心所欲地唱。每当我甩袖时，她总会开怀大笑。我想，我从小就热爱歌唱，也许就源于此。

在我进入小学之前，父亲会经常带着我和母亲去人民公园练习太极拳。他还免费指导了几位学员，其中有一位姓傅的中年女士，她虽然身体稍显虚弱，但气质优雅，会唱绍兴戏。母亲便提议让我拜傅女士为师。听到这个消息，我高兴得手舞足蹈，胖乎乎的小脸蛋上也泛起了淡淡的红晕。父亲在一旁看着，笑着说："我的小囡真乖！"师父牵起我的手说："以后就到我家来学习唱戏，我会好好教你的。"

二、随师学戏

老师的家位于南京中路人民公园对面的凤阳路，那是上海最著名的国际饭店西边的一条老石库门弄堂。尽管离我家相当远，需要穿过繁华热闹的西藏中路、浙江中路和福建中路，但我却敢独自走半个小时到师父家。

当我第一次被老师领进她家时，我简直不敢相信这就是她的家。一个昏暗的门堂，整栋楼上下共有六户人家，老师住在底楼右侧的北客堂间。她打开门，拉亮日光灯，招呼我入内。一进门我就感到一股阴冷潮湿的气息扑面而来。这个十来平方米的空间内饰简陋，里面仅有一张床、一个菜橱、一张小方桌和几把小凳子。看着潮湿的地面，我猜这间房或许曾是大户人家的厨房。

我打量着老师，她脸上露出一丝苦笑。看起来好像一阵风就能把她吹倒。

老师微笑着，轻轻地对我说："小妹妹，我们就坐在这个小竹椅上开始学唱戏，好吗？"我点了点头，随后她端来两杯白开水放在小方桌上。

"小妹妹，我们开始学唱戏吧！"老师和蔼地说，"我们先学《梁祝》中的戚派和范派，从祝英台的唱腔开始。祝英台是由戚雅仙扮演的，她是'戚派'的著名花旦。现在，我唱一句，你跟着唱一句，好吗？"说完，师父便开始唱起来："草桥结拜三年寒冬，九妹心事无人懂，山伯十八里路相送，千年后故事依然动容……"

那婉转凄美的中音让我情不自禁地跟着唱起来。

在后来的日子里，老师又教我唱了《血手印》《穆桂英挂帅》等戏曲。我永远对这位老师充满敬意，她的形象永远铭刻在我心中。至今，我还会哼唱几句她教的唱词。虽然上学后我没有继续学唱戏，但老师为我奠定了热爱音乐的基础。

三、在市六女中爱上了唱歌

考初中的时候，我未能考上重点学校，最终就读于上海市第六女子中学。在那里，我们统一学习英语。有种有趣的说法：英语好的人通常歌也唱得好。

那时，每当有新歌出现，我都会学着唱。《洪湖赤卫队》电影的主题曲曾风靡一时，凭借这首歌曲，我在居住的台湾路街区小有名气。为此，爸爸承诺会帮我去寄卖商店买一架旧的留声机用来学习唱歌，这让我高兴得甚至在梦中都在唱歌。我甚至亲自跑到淮海路的寄卖商店去查看是否有留声机出售。然而，尽管我唱了一年的歌，却始终没有等到爸爸把留声机买回家。那个年代，留声机价格昂贵，再加上爸爸生病了，家里经济陷入困境。我逐渐懂事，不再追着要留声机了。

初中时，我们班经常在各种比赛中获奖，歌咏比赛表现尤为突出。尽管我在唱戏、唱歌方面表现出色，但与班上的几位同学相比，还有一定的差距。因此，我暗自努力，决心奋起直追。

我记得有两次学校举行歌咏比赛，文艺委员推荐我担任《英雄儿女》和《我爱祖国的蓝天》的领唱，这让我有机会在全校师生面前崭露头角。从那一刻起，我更加热爱唱歌，并且这种热情如星星之火，迅速蔓延成燎原之势。

后来，我学会了吹奏竹笛，并被学校文艺宣传队队长选中参加演出。我的首场表演是赴部队慰问，当时吹奏的是马玉涛的《看见你们格外亲》，这首歌特别受部队官兵的喜爱。当听到台下发出热烈的掌声，我深受触动，含泪敬礼以表谢意。此外，我们还经常在文化广场、人民广场及基层单位进行表演。

1967 年，我有幸被选入艺术团。这让我更加热爱音乐，也让我深刻体会到了艺术的魅力。

四、在北大荒宣传队

穿越岁月的长河，往昔的情景仿佛就在眼前。懵懂的小丫头已经长大，即将踏入社会。18 岁那年，我与宣传队的两位同学一同报名，奔赴北大荒的"五大连池"军垦。不久后，我有幸被选入团宣传队。

在宣传队里,我因为擅长笛子独奏而崭露头角。然而,由于团队中已有几位独唱歌手,我并未有机会展现我的唱歌方面的才华。尽管如此,我对音乐的热爱却始终如一。

我的音乐细胞似乎是与生俱来的,那份热爱深深刻在骨子里,流淌在血液中。在隆冬时节,我时常迎着呼啸的北风,与同学们相约去河畔练声。音乐艺术不仅为大众服务,更重要的是,它为我提供独自享受音乐之韵、聆听心灵之声的空间。在那份轻松愉悦中,我找到了最美好的自我。

五、务农的歌声

1974 年,我因病无法继续留在北大荒,于是计划前往江西投奔二姐。经过一番努力,我成功从北大荒调往江西三清山脚下的北部"知青农林场"。那个地方位于荒山野岭,被当地人称为"吊钟"。

在二姐家居住期间,我几年来反复行走在崎岖的山路上。尽管路途艰难,但一路上起伏的山峦、满山的花草,以及清新的空气,都让我暂时忘却了物质生活的匮乏和上山垦荒的艰辛。在这样的环境中,我对唱歌的热情依然不减。

公社的领导希望我们组建一个文艺宣传队参加全县的知青会演,并指定我担任导演。我们上海知青相当有才华,有的会拉二胡,有的会吹笛子,还有的擅长唱歌跳舞,而我则负责扬琴独奏和演唱京剧《沙家浜》中阿庆嫂的唱段。

为了能在会演中取得好成绩,我们邀请县文化馆的老师前来指导,不辞辛劳地连续排练。最终,在全县知青会演中,我的扬琴独奏和京剧演唱都获得了一等奖。我不仅拿到了奖状，还获得了 15 元的奖金。镇团委书记看到我的出色表现和取得的成就，便推荐我加入共青团。

六、初恋与婚姻破裂的咏叹调

我曾为自己定下一个人生信条：不回上海，就决不谈恋爱，更不结婚。因此，在花季般的岁月里，我得以逍遥自在，无牵无挂。然而，有句名言说得好："总有一个人会成为你的偏爱和例外……"

果然，在我 25 岁那年，矿区医院的一位院长热心地把我介绍给她在北大荒兵团的儿子。初次见面，他给我留下了很好的印象。我们有着共同的语言和经历，再加上他出身于干部家庭，现在又回到医院工作，条件相当优越，我很快便心动了，初恋的情愫在我心中悄然生根发芽。

我 27 岁那年，我们选择在矿区成家，之后不久迎来了我们的女儿。女儿出生后，便由他父母带回上海抚养。

然而，好景不长，结婚仅四年，我们便感情破裂，他经常与我争吵，甚至家暴我。那段时间，我如同坠入地狱，每日都在煎熬中度过。唯一能抚慰我的便是音乐。

是音乐拯救了我濒临死亡的心灵，让我下定决心离开这里。我向单位请了病假，回到了父母身边养病。从此，我们天各一方，再无往来。

七、离开伤心地续哼歌韵

33岁那年，我尽管经历了婚姻的失败，但心中的歌声未曾消逝。

1983年，我终于离开了那个让我伤心的地方，入职上饶市的省级制药厂。药厂安排我住在宿舍三楼的二人间，和我同住的厂医家在上饶，平时不常来住，这让我拥有了更多的私人空间，可以尽情地歌唱。

领导询问我想去哪里工作。我提到自己曾是广播员，于是便顺利地进入了宣传股，负责广播新闻工作。广播室位于大礼堂，这为我提供了更多练习唱歌的机会。每当厂里举办联欢会时，我都会进行诗朗诵并演唱歌曲，每次表演都广受好评。记得有一次，我演唱了一首《人生坎坷路》，这首歌深深触动了在场的许多职工。

自由放歌让我在工作中更加乐观向上，也为我开启了崭新的生活。

八、从三清山到西湖的爱情恋歌

1983年1月，我陪同上海的老师前往三清山写生。在德兴文化馆相关负责人的引荐下，我有幸结识了刘鹏飞老师，他是三清山的知名学者。

不久后，县领导邀请刘老师和我一起前往上海办事。当列车经过杭州时，我们决定顺道欣赏一下西湖的迷人景致，并拜访当地的朋友。刘老师表示，他对杭州情有独钟，此前拍摄了许多精美的照片，并已结集出版。

杭州对我而言也有特殊的意义，它是我母亲的故乡。我追寻着母亲的足迹，对西湖产生了难以割舍的情感。我徜徉在湖边，沉醉于这片美景之中，久久不愿离开。

人间四月，草木蔓长，莺歌燕舞，西湖宛如娴静、淑雅、清丽脱俗的女子。在这烟雨蒙蒙的季节，我们租了一艘小船，去感受湖光山色。船行水上，四周一片静谧，我情不自禁地唱起了歌。意外的是，刘老师也喜欢唱歌、吹箫，彼此仿佛遇到了知音。

我唱得如痴如醉，而刘老师听得泪流满面。我们心中各有隐痛，却难以言说。雨水淋湿了我的脸庞，与泪水交织在一起。刘老师急忙为我撑起了雨伞。西湖不仅留下了我们的歌声和身影，更铭刻了那段魂牵梦萦的记忆。

九、留取丹心照三清

因志同道合，我和刘鹏飞老师走到了一起。他不仅是我文学与人生道路上的引路人，而且以渊博的学识启迪我。而我，则教他国画技巧，我们在交流中共同成长。我们共同努力，创办了三清山书画院。以山为媒，十年我们，最终自然而然地起到了一起。从此，我们相濡以沫、琴瑟和鸣，共同谱写着人生的乐章。

那时，刘老师痴迷昆曲，他向我描绘了传统昆曲那悠扬婉转的唱腔与优雅动人的舞姿。而我，凭借唱越剧的功底，跟着唱片学唱《牡丹亭》和《长生殿》经典选段。我们常常对唱《伍子胥的父子别离》。每每唱到动情处，都会泪流满面。

2000 年，在三清山管委会举办的元旦联欢会上，我邀请刘老师为我填词，他欣然创作了古词《留取丹心照三清》。我则选择用昆曲的《碎金子》曲牌演绎。我们默契配合，刘老师先深情朗诵，我再唱和。那晚，古典雅音回荡在响波桥山庄，震撼人心，风格独特而迷人，深深震撼了在场的每一个人。台下掌声雷动。

这些年来，尽管工作繁忙，但我从未放弃过练歌。我经常参加各类社会活动，在文艺演出中，我总会登台演唱自己喜欢的歌曲。

音乐于我，如空中飘浮的白云舒展愁绪褶皱；如大地的溪流洗涤心尘游积。我通过电视学习新歌，深入基层展示才艺，甚至在饭后散步时也吟诗唱歌。音乐已融入我的生命。

我用歌声歌颂祖国礼赞时代。在歌声中，我感受快乐；在坚守中，我收获了属于自己的幸福。

留取丹心照三清

何处望玉京，
满眼风光在三清。
千古沧桑多变化，
飘零……
乾坤无几，起风云。
松涛合泉鸣，

九天揽月水龙吟，

苦海茫茫，缘底是？

猛醒！

留取丹心照三清。

2023 年 4 月 10 日谷雨前写于三清山书画院

第五辑

芳华岁月逬火花

清香溢远

"我愿与你策马同行，奔驰在草原的深处；我愿与你展翅飞翔，遨游在蓝天的穹谷……"吉日格楞唱的《天边》曾深深打动了我。

有一种精神，它穿越时代的云烟，历久弥新；有一种怀念，它经历风雨的洗礼，愈发深沉。

聆听吉日格楞唱的抒情歌曲《天边》，歌曲中表达的意境宛如《诗经·关雎》所描绘的那样："窈窕淑女，君子好逑……求之不得，寤寐思服，悠哉悠哉，辗转反侧。"这是一首优美动人的歌曲，它唤起了人们对知青岁月的回忆。动人的旋律长久地飘荡在天空，穿越千山万水。

"在天边有一对双星，那是我梦中的眼睛。山中有一片晨雾，那是你昨夜的柔情。我要登上，登上山顶去寻觅雾中的身影。我要跨上骏马，去追逐遥远的星星……天边有一棵大树，那是我心中的绿荫。远方有一座高山，那是你博大的胸襟。我要树下，树下采撷，去编织美丽的憧憬。我要山下，山下放牧，去追寻你的足迹……"

故事发生在特殊年代的内蒙古兵团，讲述了一对知青凄美而哀伤的爱情故事。他们曾相恋三年，彼此相爱，如同天上的比翼鸟，地上的连理枝。在广袤的大草原上，他们曾策马驰骋，度过了一段难忘的时光。然而，命运却与他们开了个残酷的玩笑。当知青求学的机会来临，一个去了北京读书，而另一个却留在了大草原。他们的爱情，就像一朵凋零的花，随风飘散，留下了无尽的哀愁和思念。

多年之后，他们在北京机场意外重逢。女士已变得端庄典雅，成就卓然；而男士则保持着豪放粗犷的风度，是著名画家。岁月匆匆，转眼间两人都已年逾花甲，此刻的相遇让他们心中再次泛起涟漪。

我被他们之间的深情打动，我为他们的不幸而悲伤，想象着他们从青梅竹马到青丝染霜，经历了多少相思之苦，又承载了多少对彼此的爱。他们就像是辽阔大草原上最美丽的金莲花，清香四溢，令人陶醉。而花神啊，您无疑就是他们心间永不消散的一楼芬芳！

写于 2019 年 6 月 29 日

雪域霜花

北大荒啊，您是一个千里冰封万里雪飘的洁白世界；

知青们啊，皆有一段激情燃烧的难忘岁月；

兵团战士，怀揣一股报效祖国的青春活力；

十年光阴，磨炼一腔奉献精神。

一、特殊年代的召唤

求学之路

在那个特殊的历史时期，作为上海市第六女子中学 66 届毕业生，我经过辛勤的努力，终于考入了梦寐以求的上海市美术学院。后因国家教育政策调整，我返校继续完成我的学业。

在那段日子里，我寻觅着心灵的慰藉，学会了吹笛子。那悠扬婉转的笛声成了我心灵的寄托。

后来，我的笛声意外地引起了一个人的注意。她就是我们学校文艺宣传队的队长——巢文琴。巢队长身材高挑，英气逼人，她不仅才华横溢，而且非常有魅力。当她听到我吹奏的笛声时，那双明亮的眼睛中闪烁着赞赏的光芒。她走到我面前，微笑着对我说："你的笛声真好听，加入我们宣传队吧，为我们的乐队伴奏。"

那一刻，我仿佛看到了艺术的大门在我面前缓缓打开。在巢队长的引领下，我加入了宣传队。从此，我沉浸在音乐的海洋中，感受着艺术带给我的无穷魅力。这一机遇不仅为我打开了艺术的大门，而且让我在艺术的道路上越走越远。

1967年，文艺宣传队大放异彩，精彩纷呈的演出不仅赢得了观众的热烈掌声，而且被上海市电视台精心拍摄成纪录片。最让我骄傲的是，我改编独奏《大海航行靠舵手》在上海电视台（时称北京电视台上海记者站）录制时，赢得了编导老师的高度赞扬。亲朋好友纷纷为我感到骄傲，老父亲更是激动地感慨："我的小囡真出息了，当初真不该因为她练笛子觉得烦就差点儿摔了她的长笛。"

师承与成长

我内心深处最尊敬的，莫过于教我吹笛子的师傅——张明英先生。张明英先生擅长编曲，他的曲子《笛子谈心》，听后让人心醉神迷。每当那悠扬的笛声响起，仿佛春风轻拂面颊，又似清泉在石上流淌，令人陶醉。

我与他相识，是我人生的一大幸事。他慷慨地将自己的笛子吹奏技艺传授给我，悉心指导我。他赠予我许多他亲自编曲的作品，以及两支深咖啡色的紫竹笛。这两支竹笛如今仍是我珍藏的宝贝。我手中还保留着他亲手抄写的《洁白的羽毛寄深情》。每当我轻抚这些物品，心中便充满了对他的感激。

　　然而，日月如梭，半个世纪过去了，我与师傅的联系也因种种原因而中断，这成了我心中永远的遗憾。但在我心中，他的地位依然崇高，我永远铭记他的悉心教导。

　　此外，高志远教授曾给予我极大的鼓励："要努力吹奏，力争成为陆春林那样的神笛手。"他的话激发了我不断前行的动力。之后，我来到北大荒，背靠巍峨的小兴安岭，面对辽阔的五大连池。我的笛声曾唤醒沉睡的乌拉草，也曾为牛羊带来欢乐。因此，我被边疆的战士们亲切地称为"神笛手"，这是我人生中最珍贵的荣誉。

二、知青下乡

从上海到北大荒　屯垦戍边

　　1968 年 9 月，响应国家号召，我随上海知青队伍奔赴北大荒。那天，上海老火车站人声鼎沸，旌旗飘扬，锣鼓喧天。知青们身着军绿色服装，在送行人群中格外引人注目。他们带着青春的热情和理想，踏上了这段崭新的征程。

　　男女老少成群结队，情绪激昂，他们依依不舍地相互拥抱，眼里泪光闪烁，千万声叮咛和呼喊声回荡在车站，无数相机快门声此起彼伏，记录下一幕幕感人的画面。眼前，一列长长的绿色老铁皮火车静静地矗立着，车头上装饰着红色彩带，鲜艳夺目。车身上贴着一个大大的圆形车标，上面赫然写着"沈阳军区黑龙江生产建设兵团一师五团专列"，那醒目而震撼的标语，让人心跳加速。

上午 10 点整，响起了震耳欲聋的火车汽笛声，列车缓缓启动，车上的知青们纷纷探出头，与自己的亲人挥手告别，他们的泪水如泉涌，心中满是不舍。

我透过车窗，在渐行渐远的人群中苦苦寻觅我的挚友亲朋。父母的身影渐渐消失。

只有当人们真正面临分离，才会深刻体会到与亲人共度的时光是多么美好。离别的悲伤充斥心间，令我黯然神伤，心如刀绞……

从踏上前往北大荒的火车那一刻起，我就深知自己将和成千上万的知青一样，满怀报国热情，不断锤炼和磨砺自己的意志，以期早日成为对祖国、对人民有用的人。

北疆不孤单

火车在天津站稍作停留时，东海舰队文工团的李政委赶来为我送行。此前，李政委曾率领文工团到上海进行会演，那时我有幸与他进行了深入的交流。那次交流不仅丰富了我们的文艺生活，也让我与李政委结下了深厚的友谊。

分别时刻，我赠予他一幅编织品以表达我的感激与祝福，而李政委回赠我一支精致的紫竹笛作为纪念。这支紫竹笛不仅代表了他的心意，也象征着我们的友谊如紫竹般坚韧。

经历了四天三夜的长途跋涉，其间换乘了两次火车，再转乘汽车，我们最终抵达了目的地。

九月的北大荒，寒潮来袭，狂风肆虐。当我们抵达北安火车站时，每个人都冷得瑟瑟发抖，只得紧紧拥抱在一起以取暖。

幸运的是，一群解放军官兵和当地的乡亲们，满面笑容，敲锣打鼓地向我们走来。他们为我们送上了一件件温暖的棉大衣。解放军战士与当地人的真诚、热情，令我们深受感动。

淳朴善良的乡亲

短暂休息之后，我们被分派到各个地方。我和其他二十来位上海知青站在拖拉机上，一路颠簸，最终来到七连。这里极为寒冷，让我们深刻体验到了生活的艰辛。然而，令人欣慰的是，我们一到连队，就看到道路两旁站满了热烈欢迎我们的军人和乡亲。他们举着彩旗，敲锣打鼓，妇女们跳着欢快的秧歌舞。他们面带微笑，拍着双手，高兴地与我们一一握手。

隆重的欢迎仪式让我们心生暖意，我们见到了早一年来北大荒的知青们。他们热情地帮我们搬行李、铺床盖，像兄弟姐妹一样亲切地问候我们，让我们深受感动。大食堂的师傅们也为我们准备好了洗漱用的开水，还有热腾腾的大白馒头和热菜汤，这一切让我们感受到了家的温馨。

我们刚到连队时，并没有新房可以居住，热心的老乡们主动腾出自己的屋子，让我们暂时安顿下来。大娘忙着为我们挑水、劈柴，还生火为我们煮面条。当我们看到大炕席下爬满了蟑螂、跳蚤、虱子和各种小虫时，我们被吓得惊叫起来。另外，饮食也让我们感到困扰，大葱、大酱和辛辣的食物让我们的嘴上生出了火疖子。

我和"小弟弟"（一个小女生的外号）决定自告奋勇，带着旅行袋去尾山脚下的地里偷偷拔些白萝卜，希望能为姐妹们解解火。老乡的田里种了大片大片的萝卜，我忙着挑选好的拔起来，而"小弟弟"因为年少，嘴馋得先吃了个够，结果导致胃疼，疼得在地里直打滚。没过多久天色就暗了下来，四周是荒山野岭，空无一人。突然远处传来狼嚎声，我回头一看，尾山脚下似乎有闪光的绿眼睛，难道是狼来了？"小弟弟"被吓得一骨碌爬起来就往回逃，我不舍得丢下萝卜，只好拎起来跟着逃命。我们一口气跑到村口的大树下，浑身无力，瘫倒在地，脸色苍白，喘着粗气，连一句话也说不出来。那真是太危险了！

按理说，偷老乡的庄稼是应该受到处罚的，事后我们俩都非常害怕。然而，当老乡们得知这件事后，并没有批评我们，反而对我们这些刚离家不久的城里知青表示了理解。他们理解我们的不易，知道我们刚开始适应这个陌生的环境。北大荒正需要我们去建设。他们的理解让我们倍感温暖，也激励着我们更加努力地投身边疆的建设中。

我们所面临的，正是人生中的第一场严峻考验。这场考验冷峻而严肃，需要我们拿出勇气和决心去面对。

远山在呼唤　忆北大荒

完成了《远山在呼唤　冰雪北大荒》这幅70厘米见方的国画画后，我心跳加速，潸然泪下。

那时，我与战友们关同执行垦荒任务。每当休憩时，我常常倚着木篱笆练习笛子，笛声与开荒机械的轰鸣交织成特殊年代的建设交响。

　　我们最初到连队时，知青宿舍还未建好。因此，我们被分批安排在老乡家里居住。老乡们性格憨厚淳朴，又热情好客。他们虽生活简朴，却将最好的火炕让给我们。他们教我们搓玉米、腌酸菜，我们则老乡扫盲、绘制生产板报。这种互助精神，成为特殊年代珍贵的情感纽带。

　　四十多年后的今天，当我再次看到这幅画时，忽然懂得：我们那代人的坚守，正是今天科技兴农的序章。

珍惜当下　知足常乐

　　转眼间，我已步入花甲之年，静待机遇，已成为我应对人生的智慧。岁月如梭，时至今日，我们依然保持着良好的心态，安然度日，随遇而安，知足常乐。

　　幸运的是，我有三清山、玉山作为坚实的后盾。面对青山绿水和名山大川，我尽情创作。在这样的环境中，还有什么困惑和忧愁呢？我希望能与大家悠然地谈论文学艺术，品味诗情画意，在茶香中共享美好时光。同时，我也应该努力做到人老心不老，让生活更加精彩，不留遗憾。

　　难得画一幅自画像，更难得的是，这并非无病呻吟。在三清山书画院那段时间，我把画挂在墙上，日复一日地凝视，甚至半夜起身也要去端详一番，直到泪眼模糊（这是我投入创作时的老毛病）。画中的物象引我深思，仿佛又将我带回了那个年代。我的先生刘鹏飞老师，看到我的画后深情地对我说："人只有坚强地活着，才能赋予生命真正的意义。我们应该忠诚于国家，珍爱生命。"确实，我们应对大自然、人生以及艺术常怀敬畏之心。我由衷地敬佩刘老师，他的一生就如同保尔·柯察金一般始终巍峨挺立，以顽强奋斗的精神面对人生的每一个挑战。

　　虽然我并不擅长描绘人物，但此情此景让我感慨万千。这幅画作不仅是我知青经历的历史记录，更是我们北大荒人青春的缩影。我会将这幅画珍藏，并期待与朋友们共同回味这段难忘的经历……

朝花夕拾

——随记北大荒上海知青 50 周年庆典

"盛年不重来，一日难再晨，及时当勉励，岁月不待人。"美好的时光转瞬即逝，但那些年我们一起经历过的事情却记忆犹新，尤其是我们相聚时的欢乐场景，历历在目。我们坚信人性的美好，相信感情的真挚，相信善良无处不在。无论生活如何艰难，我们都要保持乐观的心态，认真对待生活。

今夜，我无法入睡。五十年过去了，老战友们青丝已变白发，然而我们之间的情谊却愈发深厚。面对人生的暮年，我们无所畏惧，因为有彼此的陪伴和支持。

相逢是一首壮美的老歌，《革命人永远是年轻》这首歌我们唱了 50 年，每次唱起都会泪流满面，仿佛一股清泉似的暖流涌入心海。

船长宣民生对大家说："鲍令逊会长做事深得人心，让大家感到敬佩。我们应该把这次活动的精神永远传承下去。"确实如此！这次来参加聚会的知青，有的人拄着拐杖，有的人坐着轮椅，有的人虽然身体不适但仍坚持前来，有的人为战友付了路费，有的人资助大会……特别让我感动的是薛德慈，他特地陪我与先生前来，还热情地为我们付了来回的车费，这份情谊让我感激不尽。

此外，王国明虽然因十年前脑出血后行动不便，却依然拄着拐杖前来参加聚会，并上台发言。这种精神令人敬佩！

华灯初上，绚烂如画，宴厅内气氛热烈。浦江波涛汹涌，激起层层浪花，人们如潮水般涌向聚会地点。

群主鲍令逊虽然身体不适，但依然坚持主持聚会。主持人杨占鳌，不仅是一位诗人，还是一位摄影师，他谦虚低调，忙碌地穿梭于各个角落，主持抽奖、发放礼品等活动，虽然喉咙都喊哑了，却毫不在意。

因为大家都明白，下个五十年，我们已经老去，再次相聚的机会渺茫。这场聚会充满了悲喜交加的情感，但也让许多人珍惜这难得的相聚时光。

鲍会长感慨地说："今天的聚会汇聚了众多出色的人才，你们取得的成就令人仰慕。"的确，虽然每个人的鬓角都已染上了银霜，但他们的笑容依旧灿烂。

大家围桌而坐，享用美食的同时，欣赏着舞台上的精彩节目。演出在热烈的气氛中拉开帷幕，首先是一段双人舞《我和我的祖国》，伴随着达子香花的绽放，原宣传队的谢采玲与董亚平轻盈起舞。接着是一场旗袍秀，扣珍、琴芳、德平、玲娣等人在台上优雅地走秀，展现了古典美，赢得观众阵阵掌声。

《鸿雁》的旋律响起，我和先生刘鹏飞为大家演奏萧笛。我们是从江西山区赶来参加这次聚会的，虽然我们没有太多时间排练，但我们的心是真诚的。我虽然已经有数年没有登台演出了，但手中的笛子依然熟悉。这支笛子陪伴我走过了漫长的岁月，从 17 岁在上海电视台独奏，一直到现在 68 岁了我还在吹奏着它。那些年在冰雪荒原上屯垦戍边的经历，都深深印在我的心中。此刻，主持人朱凌云双手拿着两个话筒为我们真诚服务，这份热情让人感动。

会场上的每一个节目都精彩纷呈，给我留下了美好回忆。朱立群、沈毓云、李培文、马丽等人的佳作让人百看不厌，为这次聚会增添了艺术魅力。

时值立秋，虽然骄阳似火，但"长风万里送秋色，可以一醉酣高楼"的诗意时节已悄然而至。我们沉醉在知青的情谊中，徜徉在金秋的美景里。此刻，五大连池与浦江的水相连，滚滚向前。

这次团聚，不仅是为了回顾过去，而且是为了反思与进取，它让我们的人生目标更加明确。我们曾经将青春奉献给边疆建设，如今我们为家庭而努力，未来我们将为后辈树立榜样，为祖国、为社会而奋斗。愿我们铭记这特殊的一天，带着心愿，不停奋斗。

古人有云："不以善小而不为，不以恶小而为之。"艰苦的奋斗历程，锤炼了我们宽容大度的气量和豁达的心胸。

北大荒，这片土地，是我们知青深厚友谊的起点。如今，我们仍在继续着"朝花夕拾"的旅程，续写着我们的友谊与人生。

数九时节的生命礼赞

——感悟中国知青网文坛

一、冬藏万物萌生机

大寒时节，北国依旧被白雪覆盖。然而，我仿佛能穿透厚厚的雪层嗅到泥土的芳香，感受到冬天蕴藏着的生机和希望。我想象着小小的种子在即将萌发的前夕，微微蠕动着，渴望着阳光和大地的滋养，准备迎接新生。当然，寒冷的季节很快就会过去，美丽的春姑娘迈着轻盈的脚步来到我们身边，为人间带来温暖与生机。

数九寒天，大雾弥漫，能见度不足百米，上班族们戴着口罩，在雾中匆匆穿梭。这一幕，和我们之前为生活奔波的样子一样。那些我们曾走过的奋斗之路，都历历在目。如今，退休后，我们享受着国家发放的养老金，悠然自得地享受晚年生活。虽然生活不算富裕，但我们已知足。这份安宁与保障，就像是一股暖流，温暖着我们的心田。

正是带着这份暖意，我们借助网络，与其他志同道合之人深入探讨着文化艺术。同时，我得到了许多朋友的无私帮助，我们携手并进、共同进步。这无疑是我退休后最宝贵的经历，收获了珍贵的友谊。

夜晚，我仰望星空，苍穹依旧璀璨。在灯光下，我点开中国知青网，屏幕上好像浮现出一张张熟悉的面孔，耳边响起亲切的话语。

我特别感激这份缘分，它如一缕阳光给我带来温暖。全国各地的文友一次次支持与呼唤所汇聚的强大力量，让我深感动容。文友们相互欣赏，共同书写激扬文章，即使相隔千里也会送上鹅毛般的厚礼。这些经历，令人感动，难以忘怀！

在这个充满人性关怀的环境里，我们精神焕发，全身心地投入写作。在这里，我们享受着文艺交流的乐趣，回忆着青春，共同合作，共同进步。有人曾说世界上有两样东西能深深地震撼我们的心灵：一是我们头顶上灿烂的星空，二是我们内心崇高的道德准则。虽然我们已不再年轻，但我们的内心依然可以充满活力。我们可以继续像太阳一样为世界带来光明。我们在这里感悟人生，歌颂祖国，形成一道亮丽的风景。

数九寒天，我心中暖意融融。这份温暖，既来自大自然的恩赐，也源自文友们的温馨陪伴。在此，我怀揣着这份暖意，向所有关心我、支持我、鼓励我的朋友们致以最真挚的祝福。愿我们共同迎接新春的到来，在喜气洋洋的氛围中更加幸福！

二、精神家园传文蕴

辞旧迎新之际，北方冰凌高挂，南方柳枝刚开始泛黄，而我却裹紧了大衣……

当我仰望北国那厚厚的雪层时，心中不禁想起了那些默默奉献的知青组织者们。他们无私奉献，夜以继日为我们搭建一个能展示老知青文化艺术的平台。对于他们的付出，我们怎能不心怀感激，感到温暖呢……

这样的环境让人停止了思考。然而，每当我躲在屋子里，坐在电脑前，打开电火炉，看着通红的火光，手脚渐渐暖和起来。这时，我的情感就像泉水一样源源不断地涌出。

我认真地阅读着每一页文字，为这些年在知青文化艺术论坛上取得的成果而自豪。每一页都像如繁星闪烁，这背后离不开网站管理者无私的奉献和辛勤付出。我感激他们包容来自五湖四海的朋友们，让每个人的心声都得以表达，每个人的热情都受到尊重。

在广袤的文学领域中，他们每天在每个栏目中辛勤耕耘，完成了大量工作，真是辛苦。因为我无法做到他们这样，所以我由衷地钦佩他们，默默为大家服务。

在表达感激之余，我们应该学习他们认真负责的态度。这既是对每位作者辛勤耕耘的诚挚鼓励，也是对文学的深爱。

小寒大寒交替，时光荏苒，行人留下一道道坚定的脚印。老知青、小年轻朋友们，如今我们身处一个新时代，这里是我们歌咏文化艺术春天的精神家园。

无论白霜是否染白了青丝，无论你我资质如何，我们都应该让文章越写越好。让我们书写自己的情怀，叙述人间的真爱，为复兴中华文明贡献力量，为民族文化的传承献上热忱。

我们祈愿大家能够风雨同舟，以"书山有路勤为径，学海无涯苦作舟"精神共筑精彩人生。让我们以坚韧不拔的意志迈出步伐，勇攀高峰，携手迎接未来的挑战并把握时代机遇。

春日知春梦，温情润心田

——记 2022 年参加迎春对联比赛活动

一、传承文蕴

2022 年 1 月 11 日，那是一个风和日丽的午后，我坐在西屋的画案旁，沐浴在阳光下，悠闲地品着三清山的云雾茶。茶香袅袅，沁人心脾。我习惯性地斟酌着诗句，享受着阳光的温暖。

突然，我接到了何月琴老师的电话。何老师是上海市知青历史文化研究会的管理人员。她语气急促地告诉我，上海正在举办一个春联比赛活动，而当天是提交作品的最后一天。她希望我能立即创作一副对联参赛。由于我平时不怎么关注微信群，对这个消息一无所知，因此对于这种临时创作感到有些手足无措。何老师是个和蔼可亲、平易近人的人，她一直非常关心我的创作，极力推荐我参加这次比赛。她提到这是以新时代视角传承知青文化精髓的比赛，目前贵州和江西两个地区还没有人投稿，所以她非常着急。何老师甚至表示，即使等到深夜也无妨，只要我能提交作品。

这个突如其来的消息让我措手不及，我本能地想退缩。

然而，就在这时，何老师又迅速发来了比赛的主题文件，内容如下：

在辞别旧岁、迎接新年的时刻，1月1日上午，我们在"金牛辞岁去、福虎呈祥来"的喜庆氛围中，在上海微爱公益空间，正式启动了2022迎春对联比赛。

本次比赛由上海东方知青文化发展基金会、上海微爱公益服务中心、中国楹联学会华东分会，以及中国东方文化研究会产业文化艺术委员会联合主办。我们荣幸地邀请到了上海东方知青文化发展基金会理事长、著名作家叶辛，上海市人大代表柏万青，中国古典文学专家寿涌，中国楹联学会华东分会秘书长佟今，以及上海电视艺术家协会副主席陈梁等担任本次大赛的顾问和评委。

面对这样的盛情邀请，我感到了前所未有的压力。

看到众多知名文化单位及专家学者担任评委，我深感压力很大。我倒吸了一口冷气，告诉何老师，我只是个普通老百姓，没有这样的才华，不打算参加比赛了。然而，何老师却笑嘻嘻地说："你随便选择一个作品参加嘛，我相信你一定能行！"这番话又深深地鼓励了我，但我从未参加过春联比赛，心里确实有些没底。

我陷入了进退两难的境地。何老师在电话那头又和我聊了一个小时，她的真情深深打动了我。我答应试试看，听到我同意后，何老师咯咯的笑声传入了我的耳朵。何老师又叮嘱我写好后发给她。

中午12点多，太阳暖暖地照着我。我随便吃了点饭，放下手头的一切事情，坐在那里开始绞尽脑汁地搜寻佳联。我选择了对下联，一共有五副。内行人都知道，下联创作难度较高，但为了不辜负何老师对我的信任和期望，我下定决心要用不怕困难的精神去迎接这个挑战，去攻克这个难关。

幸好我以前学过对联的基本规律，所以基本上能够应对这些挑战。对联的关键在于内容的精炼和意境的深远，这要求我投入比平时写作多十倍的精力。

"艰难方显勇毅，磨砺始得玉成。"下午3点半，太阳还未收敛光芒，我已经完成了五副下联，任务圆满完成。有些疲惫的我便趴在画作上稍作休息。梦中，我仿佛看到何老师又在对我微笑，并提醒我该把作品发出去了。我突然睁开眼睛从梦中惊醒，立刻将五副对联发送给何老师。

我选择的对下联如下：

第一副：（上联）花草山水常令眼前现美景，
　　　　（下联）舰航瀚海可须河畔驻英名
第二副：（上联）春风得意吹花吐艳，
　　　　（下联）夏柳示闲舞水泛漪
第三副：（上联）千载寒窗挑灯苦读夜，
　　　　（下联）一朝暖院迎旭乐晨启
第四副：（上联）长空迎紫气一元复始，
　　　　（下联）玉台聚祥云万象更新
第五副：（上联）山美水美春光美宏图更美，
　　　　（下联）松高柏高秋月高志向愈高

二、素未谋面

从 1 月 13 号到 17 号这几天，是线上投票时间。我这个人脸皮比较薄，从不喜欢麻烦别人。说实话，这是我第一次参加这种活动，感觉压力挺大。你想啊，谁愿意不厌其烦地一次次为别人投票呢？我自己都很难做到，更不用说那些素不相识的网友了。所以我顺其自然。然而 15 号那天，上海的何月琴老师发现我还没有动静，开始着急了，催促我赶紧发动朋友为自己投票。

我开始在微信的各个群组和朋友圈发布帮忙投票的信息。可能是我不太习惯这样的做法，心里有些忐忑不安。但当我冷静下来后，意识到要以一颗平常心去参与，不去过分在意名次，享受这个过程就好。

那些素未谋面的人们，都自觉为我投票了。我会向他们表示谢意。令人感慨的是，他们总是说举手之劳，让我不要太客气。最着急的要数何老师了，她希望我能够获得好名次，每天都督促我加把劲儿。最终，尽管我的票数不算多，但有无数亲朋好友以及未曾谋面的热心人士的支持，我感到心满意足，感激不尽。

三、意外收获

这次大规模的春联比赛自 2022 年 1 月 1 日开始征集作品，至 1 月 12 日圆满结束。随后的 1 月 13 日至 1 月 17 日，在"微爱公益服务中心"微信公众号对参赛作品进行了线上投票。本次比赛吸引了从 14 岁到 75 岁的参赛者，共收到了一千余副对联。经过严格评选，初筛 68 位作者的 150 副合格作品进行线上投票。为期半个月的赛事中，组委会的老师们全力以赴，精心组织，使整个活动热闹非凡，成功营造出"金牛辞岁去，福虎迎祥来"的浓厚新年氛围。

我参加本次活动的初衷只是将其视为一个增长阅历、提升文学素养的平台。对于这场比赛，我保持平和心态，轻松应对。我衷心祝福那些能创作出佳作的文友们，同时感谢给予我支持和帮助的朋友们。

"心境的广阔，决定了人生道路的宽广。就像污泥中能够绽放清雅的莲花，贫寒之家可以培养出孝顺的子女，炽热的熔炉能够锤炼出坚韧的钢铁。"这段文字，总能激发我创作的灵感。

"有意栽花花不发，无心插柳柳成荫。"人生总是处处充满意想不到的惊喜。1 月 23 日，我突然收到了何月琴老师发来的比赛结果。我仿佛透过手机屏幕，听到了她咯咯的笑声。我心中满是疑惑，急切地打开文件一看究竟。

以往都是以线上投票为主，这次组委会增设了一个文化奖，真是意外。不过，文化奖只有六个名额，我想我肯定没机会。但出乎意料的是，我的作品竟然被评为二等奖！我吃惊地睁大眼睛，仔细查看，上面确实写着我的名字，这简直让我难以置信。

"'千载寒窗挑灯夜读苦，一朝暖院望旭晨起舒'——二等奖，杨七芝。"

在视频中，我听到了专家老师们对我们的对联内容的精彩点评，受益匪浅。二等奖由中国古典文学研究专家寿涌教授亲自颁发奖状，这让我感到无比荣幸。由于我无法亲自到场领奖，组委会便邀请了上海市知青历史文化研究会的刘素贞女士代替我上台领奖。

我看到颁奖仪式很隆重，评委老师们慈祥可敬，学者们风度翩翩。在场的老知青们热血沸腾。获奖的沙岚、吴潇，以及书法家们激情昂扬地为大家书写春联，赠送春意，将现场气氛推向了高潮。特别要提的是，推荐我参加比赛的何月琴老师也在现场。

此外，奖品和奖状都精致高雅，足以看出组委会的用心和品位。整个颁奖仪式不仅是对我们获奖者的肯定和鼓励，更是一场文化的盛宴，让人难以忘怀。

大赛热烈非凡，群情激昂，我看着视频，心情激动，任由泪水滑落。看完视频后，我仍然沉浸其中。画室里一片静谧，自己的呼吸声都变得格外清晰。

中国楹联学会华东分会秘书长佟今详细介绍了大赛的组织情况和相关比赛信息。据了解，此次大赛以新春祝福为主题。大赛作品不仅反映了多姿多彩的文化生活，而且生动展现新时代中国特色社会主义建设的伟大成就。

"穷且益坚，不坠青云之志"，这正是我们不断追求创新、勇攀高峰的写照；"老骥伏枥，志在千里"，虽然我们年岁已高，但仍然不移创新之志，勇往直前。

其中一位专家评委的励志之语："杨七芝很优秀，这个名字我记住了。"专家的评价让我备受鼓舞，充满了前行的动力。

此刻，我迫切地想要表达我的情感，感谢所有给予我帮助和支持的人。

于是，我挥毫写下一副对联以表达我的感激之情：

有缘千里来相会，沪上春联展宏图。
无意短暂别离时，屏间水墨舞飞扬。

我衷心感谢组委会在弘扬民族文化方面所付出的辛勤努力，也感激评委专家们的鞭策与鼓励。这是我第一次参与这样的活动，面对众多才华横溢的选手，我深感自己学识尚浅。同时，我要感谢来自四面八方的亲朋好友和那些未曾谋面的热心人士，是你们给予我鼓励。

对于这个来之不易的二等奖，我倍感珍惜。我将向各位优秀的作家朋友虚心学习，不断提升自己，戒骄戒躁，努力创作，不辜负大家的期望。

2022 年 1 月 24 日—3 月 27 日
写于三清山书画院

第六辑

青网做伴写春秋

奋斗路上的火炬

——感谢青年作家网

一、缘分妙不可言

今日，正值 2021 年 11 月 25 日，我怀着感激之情，向生命中的每一位过客，献上我最真挚的谢意。

"在这浩渺的人海中，无论你我如何相遇，皆是生命中注定的一场邂逅，绝非偶然。"我们因缘相识相知，每一步都是命运的巧妙安排。

在这个特殊的日子里，我愿用笔墨将感激之情细细描绘，将心中的温暖传递给生命中的每一个重要之人，感谢你们在我的人生旅途中，留下了浓墨重彩的一笔。

昨天是小雪节气，我身处三清山脚下的玉山县，每日游山玩水，竟然丝毫感觉不到冬日的寒意。而今天，阳光明媚，一缕阳光透过西窗，洒在我的身上，那温暖直抵心底。

是画案上手机的信息让我感动流泪吗？哦！原来是青年作家网在祝贺我的新书《风雨三清路》即将正式出版。青年作家网就像照亮我人生奋斗道路的火炬，总编辑汪家弘老师的发言令人动容，催人奋进：

　　各位老师，下午好！我怀着无比激动的心情，向大家宣布一个喜讯：杨七芝老师的力作《风雨三清路》即将正式出版。目前，这本书已经进入印刷阶段，预计在本月底，我们便能共同见证这本文集的诞生。

　　《风雨三清路》不仅是一本书，更是一段关于三清山人和事的深情回忆。其中，杨老师将自己的爱情故事娓娓道来，那些动人的瞬间如同山间的清泉，流淌在每一位读者的心田，让人不禁潸然泪下。

　　杨七芝老师，她不仅是一位才华横溢的作家，而且是一位备受赞誉的书画家。她的书画作品获了很多大奖。中央电视台及省市电视台多次对她进行专访，对她的艺术成就给予充分的肯定。

　　在文学创作中，许多大师都选择了一个地方，甚至是一个小地方，作为他们故事的舞台。比如，马尔克斯的《百年孤独》将我们带入了神秘的"马孔多小镇"，鲁迅的众多作品让我们领略了周庄的水乡风情，路遥的《平凡的世界》让我们感受到了"双水村"的平凡与伟大，而莫言的小说则以"高密东北乡"为背景，为我们描绘了一个五彩斑斓的乡村世界。这些作品都告诉我们，一个小地方也能映照大世界。

　　为了让更多的人领略到《风雨三清路》的魅力，感受杨老师对三清山的深厚情感，我们决定邀请二十位老师为这本书撰写书评。我们诚挚地邀请各位老师踊跃参与，共同为这本书献上您宝贵的见解和感悟。凡是报名的老师，杨老师都将亲自为您送上签有自己名字的新书。

希望大家在收到新书后，能够细细品读，用心感受杨老师对三清山的感情。我们会把你们的书评进行精心整理后在平台上发表，让更多的人了解这部作品。

《风雨三清路》是杨老师十多年的心血结晶，每一个字、每一句话都凝注着她对三清山的情感。让我们共同期待这本书的正式出版，一同感受那份来自三清山的真挚情感。

邂逅青年作家网，恍若隔世。2019 年，我因一次知青征文大赛，走进了这个璀璨的文学殿堂，并成为这个网站的签约作家。

作家之路上，交流的平台如同心灵的港湾，不可或缺。与青年作家网的相遇，让我感受到了年轻血液的活力与热情。我渴望融入这个朝气蓬勃的集体中，与年轻的心灵碰撞，让自己的笔触永远保持那份青春的敏锐与激情。

在这片文学的沃土上，我汲取着养分，创作着朝气蓬勃的作品。每一字、每一句都凝聚着我对生活的热爱。愿我的作品如春风拂面，让读者体会到文学之美。

二、用文学点亮梦想

我曾竭尽全力，却始终难以达到在平台发表文章的水平。然而，在过去的半年时间里，汪老师在繁忙之中给予了我无微不至的关心与帮助，同时刘慧明老师、赵美蓉老师等文友也热心相助，让我心怀感激。

2019 年底，我将诗歌投给了《清风文学》杂志。令人欣喜的是，2020 年 1 月作品就发表了。

2020 年 4 月，《清风文学》第二期刊发了我的作品《见证平凡》，被收录于《散文家园》栏目。那个春天，当春风吹过柳枝，夏夜月光如水，我仿佛看见文字之舟在文学之河中荡漾。

同年 7 月，青年作家网举办了全国青年作家征文活动。我的散文《玉山冰溪河的春天》荣获散文组一等奖。这份荣誉让我既感到欣慰，又有些惭愧。因为我深知，我的文章还有很大的提升空间，需要继续努力。

同年，青年作家网启动了《岁月之歌：全国青年作家优秀作品选》的编纂工作。幸运的是我的几首诗被选入书中，本书后由天津人民出版社出版。这本书的封面设计极为雅致，以青蓝色为底，色彩从中间向四周晕染，天空中一对白天鹅在展翅高飞，仿佛在呼唤着同伴，恰似《诗经》所咏"嘤其鸣矣，求其友声"，与本书的主题交相辉映。汪老师写在封面上的推荐语意义深远："在这个美好的时代，我们借助文字歌颂青春与梦想，用笔墨记录亲情、爱情与友情，通过语言弘扬家国情怀……"

三、引路的火炬

身为华夏儿女，我深感荣幸，能在中国这片热土上追寻自己的梦想。

近期，我虽宅在家中，但对文学创作的热情丝毫未减。恰逢青年作家网开始筹备新一轮的选题，我抓住了这个机会，于是《风雨三清路》得以公开出版。自 2013 年以来，这已是我出版的第三本文学作品了。

整理书稿的工作十分精细，从春寒料峭到夏日炎炎，我花费了半年时间完成了这本二十万字的文集。书稿完成后，我得到了汪老师的耐心指导。汪老师和编委们如同温暖的太阳，给予我勇往直前的力量，让我在文学的道路上坚定前行。感谢青年作家网在 2020 年授予我"年度优秀签约作家"的荣誉称号。

2021 年 10 月 31 日，我惊喜地收到了自媒体平台百家号的老师们为庆贺我加入青年作家网一周年而颁发的四枚勋章——"享受周年""才思泉涌""涨粉达人""有口皆碑"。这无疑是我本命年里最大的收获！

我身处三清山书画院，静静品味着每一幅书画作品、每一本文集。我深知，这些作品都在以它们独特的方式，颂扬着祖国的繁荣昌盛和人间的温情。

2021 年 11 月 25 日

作于三清山书画院

深情厚谊铸丹心

——读谢淑坤文友书评有感

　　昨日因事耽搁，未能及时拜读您给我的作品集《风雨三清路》写的书评，今早细读之下，不禁热泪盈眶。

　　您对我人生的追求剖析得深刻又细致。这篇书评写出了老知青之间的深情厚谊，字里行间透露出对仁义礼智信的尊崇；更体现了您戎马生涯中百炼成钢的坚韧意志，以及如大海般宽广的胸怀。能写出如此铿锵有力、焕发生命力的长篇书评，实在令人敬佩与赞叹。

　　您的文章让我这位学识浅薄、久居山区的老者大开眼界，深刻领悟到天外有天、人外有人的道理，更加坚信学无止境，需活到老学到老。

　　您深刻理解了我对艺术的追求，读懂了我这个弱女子的坚韧与执着，理解了我对诗词书画及音乐的热爱。

　　感谢您，一位才华横溢的警官。您不仅拥有保家卫国的豪情，还对未曾谋面的我给予了关爱和支持。谢谢您，希望我们永远是好朋友！

人性光辉映文学

——读张世清书评有感

　　小寒之际，寒风裹挟着丝丝苦雨，无情地侵袭着武安城。这座古城被厚厚的积雪覆盖，冰溪河在寒风中更显冷清。街上行人寥寥无几，万物在刺骨的寒风中瑟瑟发抖，人们纷纷躲进温暖的家中。

　　江南的屋内，尽管不似户外那般严寒，但凉意依然袭人。在这寂静的夜晚，我意外地收到了一份特别的礼物——青年作家网的文友竟在寒风中翻阅了我的作品《风雨三清路》，并熬夜为我写下了书评。

　　这篇书评，如同冬日的暖阳，温暖了我的心。它不仅是对我作品的肯定，更是对我心灵的慰藉。在这寒冷的夜晚，有人愿意为了我的文字付出时间与精力，这份情谊让我倍感珍惜。

　　这位文友叫张世清，原是漂泊在外、辛勤打拼的三清山之子，被誉为"玉山才子"，是一位风华正茂的男儿。

　　我们因三清山而结缘，同属于玉山县作家协会这个温暖的大家庭中的一员，彼此间有着深厚的文学情谊。更因青年作家网这个文学平台，让我们一起追求文学梦想。

　　青年作家网为我们创造了一个良好的创作环境。在这天时地利人和的条件下，我们之间的情谊愈发深厚。

这种深情厚谊，不仅让我们在文学道路上相互扶持、共同进步，更激励着我们展现出"艰难方显勇毅，磨砺始得玉成"的崇高品质。我们怀揣着对文学的执着追求，不断磨砺自己，以期在文学的殿堂中绽放出璀璨的光芒。

情到深处酒意酣，
酒未醉人人已醉。
雨点玉山心潮涌，
文笔质朴泪潸然。

虽与张世清未曾谋面，但网络已让我们成了非常熟悉的朋友。然而，我仍满怀期待，渴望在青年作家网的平台上与他进行更深入的交流。出乎我意料的是，他的文字竟如此让我动容。

鲁迅先生曾言："去粉饰，勿卖弄，毋做作。"我相信，张世清已深谙此真谛，他的佳作便是最好的证明。我的先师刘鹏飞曾教诲我："为文之道，首在感动自己。"文字的力量，源于内心真挚情感的流露。唯有先感动自己，方能触动读者的心弦。

我们的写作之路虽各有不同，但我们的目标却是一致的——那便是通过文字，与读者在思想和情感上产生共鸣。我期待与张世清在青年作家网的平台上，共同探讨文学，共同追求更高的文学境界。

张世清能在繁忙的工作之余，抽出宝贵的时间，仅仅两天就看完了我的作品，并且在一夜之间写出了充满热忱的长篇书评，让我动容，这也是我急切地写下这篇感悟的缘由。

在文字交流的过程中，我们都受益匪浅，常常感动得热泪盈眶。此时，我们更要衷心感谢青年作家网为我们提供了这样一个优秀的文化交流平台。记得当初，汪家弘老师列出了一长串写书评的友人名字，希望我能够寄书给他们。尽管我因为工作繁忙而有所拖延，但汪总编辑一直耐心地对我说："大家都很期待你的书，都在等着你的作品。赠送一本书，能够换来大家的书评，这是非常值得的。"我回应道："汪老师，书本身不值多少钱，但能产生精神上的共鸣，这真的是无价之宝。"于是，我挤出时间，尽快向各地文友邮寄了书籍，甚至选择了可以收藏的信封。我特别感谢汪老师的悉心指导，以及他一路的支持。同时，我也非常感激编委老师们的满腔热情和任劳任怨的敬业精神。有幸加入青年作家网，这里的温暖氛围让我在隆冬时节也感到心头暖洋洋的。我相信，所有的文友都与我有同样的感受。

白昼时分，朔风猛烈地敲打着窗户，我凝视着被阴霾笼罩的天空，耳边传来稀疏的叫卖声……然而，我的身体并未感到丝毫寒意，因为我的内心充满了温暖。午饭可以推迟，但我必须先完成这篇文章。在此，我要感谢张世清老师的深情厚谊。同时，我深有所感，那就是要顺势而为、持续努力，不忘初心，始终走在正确的道路上。

2022年，新的一年，愿我们充满力量！希望朋友们在新的一年里如虎添翼，勇往直前，一起取得更多的成就。

2022年1月6日写于三清山书画院

后记：文学点亮三清路

三清山，这座位于江西的名山，对于许多人来说或许只是一个世界自然遗产、国家 AAAAA 级旅游景区，但对于杨七芝老师来说，却是她的人生转折点，也是她艺术灵魂的归宿。

《文韵三清路》是杨七芝老师的散文集，也是"三清路"三部曲之一。在这本书中，我们看到她对三清山的深厚感情，看到她对生活的细微感悟，也看到她对艺术的执着追求。

杨七芝老师出生于上海的一个书香门第，父母都是高级知识分子。她从小耳濡目染，展现了艺术天赋。她中学时期，响应国家号召前往北大荒，在繁重的工作之余，依然保持着对艺术的追求。后来，她因为生病转到江西三清山北麓插队务农。因为画画，她结识了她的先生刘鹏飞。刘鹏飞老师在 20 世纪 70 年代致力于开发宣传三清山，因此杨七芝老师也与三清山结下了不解之缘。从此，她便爱上了这座山，致力于弘扬三清山文化。

三清山的自然风光和人文历史给了杨七芝老师创作灵感。她用自己的笔描绘出了三清山的神韵和魅力。在创作过程中，杨七芝老师和刘鹏飞先生相互扶持、共同进步。"高凌云汉江南第一仙峰，清绝尘嚣天下无双福地。"他们一起走遍了三清山的每一个角落，寻找创作的灵感。有时候，为了画好一幅画，他们甘愿在山上农家待上几天，风里雨里观察山的变化，感受山的气息。正是这种对艺术的执着和热爱，让他们的作品充满了生命力。

杨七芝老师和刘鹏飞先生通过创办三清山书画院，撰写三清山与冰溪河的故事，描绘三清山雄奇险秀的壮丽景色，展现了三清山的自然之美和文化内涵。"四海云涛朝福地"通过艺术创作来展现三清山的自然风光和文化底蕴，也让更多人了解三清山"清水出芙蓉，天然去雕饰"之美。此外，他们还积极参与三清山的文化活动，与各地政府和各界人士共同努力，通过举办画展、文化讲座等形式，向海内外人士介绍三清山的道学，推动三清山文化的发展。在他们的努力下，三清山不仅成了一个适宜旅游的地方，而且成了一个适宜养身修心的地方。

杨七芝老师还是青年作家网的签约作家，多次被评选为"年度优秀作家"，出版和发表过许多文章，并获得了许多文学大奖。她的作品，展现了她对三清山的赞美，以及对生命的热爱和对美好生活的追求。《文韵三清路》的出版是对杨七芝老师多年来创作的肯定，也是对她为三清山文化传播所做贡献的认可。希望这本书能够让更多的人了解三清山，了解杨七芝老师的艺术世界和她"淡泊名利 平静人生"的人生态度。

杨七芝老师的创作风格主要体现在以下几个方面：

题材多样。她的散文题材广泛，包括但不限于叙事、写人、议论等，能够让读者感受到生活的多样性和丰富性。

情感丰富。她的文字表达直率、情感真实，能够引发读者的共鸣。

诗意浓郁。她的文字非常注重遣词造句和写作技巧，让读者在阅读中感受到生活的美好。

气度高远。她的作品格调高远，展现了她独特的人格魅力和宽广的胸怀。

总的来说，杨七芝老师的创作风格真实且富有诗意，能够让读者感受到文学的底蕴和人性的美好。最后，让我们向杨七芝老师表达敬意，感谢她为弘扬三清山文化所做的不懈努力。愿她的艺术之路越走越宽广，为我们带来更多的精彩作品。

青年作家网总编辑　汪鑫

2024 年 1 月 8 日

作者简介：汪鑫，又名汪家弘，曾先后在多家出版社和报社从事编辑、策划和运营管理工作，现为青年作家网总编辑。已出版历史类小说《徽州魂》、都市文学《合羽恋》、武侠小说《宝庆传奇》等；策划和主编文集《千年汪氏》《岁月之歌》《花开四季》《青青子衿》《呦呦鹿鸣》《千点墨》《一枝秋》《九重春》《纸满云烟》等；创作剧本多部，其中《徽州魂》在中央电视台播出。